書下ろし長編時代小説

無敵の殿様
仮面の悪鬼

早見　俊

コスミック・時代文庫

この作品はコスミック文庫のために書下ろされました。

目次

第一話　道楽船頭……5
第二話　競りにかけられた宝刀……82
第三話　助太刀源五郎……155
第四話　仮面の悪鬼……224

第一話　道楽船頭

一

新春のやわらかな日差しを浴びながら、喜連川恵氏《きつれがわやすうじ》は柳橋《やなぎばし》までやってきた。

寛政《かんせい》四年（一七九二）の正月十六日、小正月《こしようがつ》が過ぎ、門松《かどまつ》が取り払われて、江戸は平生《へいぜい》を取り戻している。

萌黄《もえぎ》色《いろ》地に花鳥風月《かちようふうげつ》を描いた派手な小袖《こそで》を着流すといった、侍とは思えない小粋《こいき》な格好で、恵氏は船宿の暖簾《のれん》をくぐった。

出てきた女将《おかみ》に、

「猪牙《ちよき》を頼む」

と、声をかけたのだが、

「すみません。あいにくと船頭《せんどう》が出払っておりまして」

申しわけなさそうに、女将は詫《わ》びた。

「ならば、待たせてもらおうか」

恵氏は大刀を鞘《さや》ごと抜いて、玄関にあがった。

齢《よわい》四十一、男前で髪も黒く艶《つや》めき、血色がいい。それに加えてぴんと伸びた背筋、凛《りん》と張りのある声音《こわね》ゆえ、派手な小袖と相まって、役者顔負けの男前だ。

一階の座敷に入ろうとすると、若い男があぐらをかき、階段に寄りかかっている。暇《ひま》をもてあますように、賽子《さいころ》遊びをしていた。

色白で優男《やさおとこ》然《ぜん》とした顔つき、縞柄《しまがら》の袷《あわせ》に包まれた身体は華奢《きやしや》である。

「女将」

恵氏は女将を呼んだ。

「は、はい」

女将は恵氏の視線を追いながらやってきた。

「そこにおるのは、船頭ではないのか」

恵氏の問いかけに、

「ええ……まあ、そうなんですけどね。まだ見習いなんですよ」

言葉尻を曖昧《あいまい》にさせながら、女将は答えた。

「見習い……。だが、舟を漕《こ》げぬこともあるまい」

「いや、ですが……」

女将が躊躇《ためら》いを示したところで、やり取りを耳にした若い男が、いそいそと寄ってきて、

「お、お客さんですか」

目を輝かせた。恵氏はうなずき、

「向島《むこうじま》までやってくれるか」

「へ、へい、喜んで」

男は声を弾ませた。

対照的に、女将は顔を曇らせる。

「あの、もう少しすれば、ちゃんとした船頭が戻ってまいりますので」

途端に、若い男は勇《いさ》んだ。

「女将さん、大丈夫ですって」

「いや、まだ、ちょっと」

「漕げますって」

「でもね、若旦那《わかだんな》……」

女将は躊躇い続けたが、

「ま、いいではないか。客を乗せて櫓《ろ》を漕がないことには、いつまで経っても一人前にはならないぞ」

恵氏の言葉を助け舟とし、

「お客さんも、こうおっしゃっているじゃありませんか。それから、女将さん。あたしのこと、若旦那って呼ばない約束ですよ。あたしには、徳次郎《とくじろう》って名前があるんだ。だから徳でいいですって、親方やみんなも承知してくれたじゃありませんか」

若い男……徳次郎は言った。

「わかりましたよ」

女将は了解してから恵氏に向き、心配そうに念押しする。

「では、本当によろしいのですね」

こうまで言われると、恵氏もさすがに不安になってきた。

だが、いまさら引くわけにもいかず、

「ああ、頼む」

平生を装って返した。

それにしても、ここまで心配される徳次郎とは、いったいどんな男なのだと訝《いぶか》しんだが、同時に好奇心も湧《わ》いた。

「なら、用意してきますんでね」

「徳さん、用意って……」

階段をあがろうとした徳次郎を、女将が引き止め、小首を傾《かし》げた。

「……いや、髭《ひげ》でもあたってこようって思いましてね」

舟を漕ぐにあたって、徳次郎はわざわざ髭を剃《そ》る気らしい。

「そんなことしなくたって」

女将が顔をしかめたところで、

「いいではないか。好きにさせてやれ」

恵氏が受け入れた。

「なら、行ってきますよ」

徳次郎は弾むような足取りで、階段をのぼっていった。

姿が見えなくなったところで、恵氏は女将に向かって尋ねた。

「あの徳次郎という船頭、なんだかわけありのようだな」

「え、ええ、まあ」

女将は答えづらそうだ。

「どういう男なんだ」

好奇心がおさえられず、恵氏は問いを重ねた。

「それがですね。うちの亭主《ていしゅ》が世話になっている大店《おおだな》の、若旦那なんですよ」

徳次郎の実家は、日本橋《にほんばし》に店をかまえる老舗《しにせ》の呉服屋・上総屋《かずさや》であった。

ところが、徳次郎は家業を嫌い、なぜか船頭になりたがって家を飛びだすと、この船宿丸山《まるやま》に居候《いそうろう》を決めこんだ。

上総屋はたびたび奉公人を連れ、船遊びに利用してくれる上得意だった。

女将のお由美《ゆみ》も亭主の正吉《しょうきち》も、常客である上総屋の若旦那とあって、無下《むげ》にはできず居候を引き受けている。

「上総屋の旦那さんからは、船頭修業の真似事でもさせてやってくれ、あいつのことだから長続きしないし、すぐに音《ね》をあげるに決まっているって……十両も渡されたんですよ」

お由美も正吉も断りきれず、徳次郎を引き受けたのだとか。

「なるほど、道楽息子の気まぐれか」

「お侍さま、若旦那の気まぐれに、お付き合いくださることはありませんよ」

「いや、引き受けたからには断れん」

「いつもでしたら、猪牙じゃなく屋形船に乗せて、うちの人や他の船頭と一緒に漕ぐようにしているんですけどね。あいにく、みんな出払ってしまっていて」

「かまわん」

「本当に申しわけございません。そろそろ、ほかの者も帰ってきます。帰ってきたら、すぐに追いかけさせますんで」

お由美が頭を下げたところで、徳次郎が戻ってきた。手で頬《ほお》や顎《あご》を撫《な》で、髭の剃り具合を確かめてから、

「なら、いきますか」

元気よく恵氏に声をかけた。

「頼む」

恵氏は重い腰をあげた。

船宿を出て、桟橋《さんばし》を進むなか、

「お侍は、なかなかに粋な身形《みなり》をしていらっしゃいますね」

徳次郎は、恵氏の小袖を褒《ほ》めそやした。

「気楽な格好が好きなものでな」

「ご直参《じきさん》でいらっしゃいますか」

「まあ、そんなところだ」

「でしょうね、浅葱裏《あさぎうら》の田舎侍にゃ見えませんよ」

徳次郎は上機嫌に言うと、軽やかな足取りで猪牙舟に乗りこんだ。その名のとおり、猪《いのしし》の牙《きば》のように舳《へさき》が細長く尖《とが》った、屋根のない小舟である。

「足元、気をつけてくだせえよ」

徳次郎に言われ、恵氏は腰をかがめて舟に乗りこんだ。舟梁《ふなばり》に毛氈《もうせん》が敷かれ、火縄箱《ひなわばこ》が置いてあった。大刀を脇《わき》に置き、毛氈に腰を下ろす。

お由美が舫綱《もやいづな》を解き、

「では、くれぐれも気をつけてくださいよ」

恵氏に言っているのか、徳次郎に言っているのか、わからない。

「徳さん」

今度ははっきりと、お由美は徳次郎に向かって声をかける。

「無理しないでくださいよ。いよいよとなったら、岸に着けるんですよ。うちの人が追いかけますからね」

「心配いらないって」

徳次郎は豆絞《まめしぼ》りの手拭《てぬぐ》いを頭に巻き、着物の裾《すそ》をはしょって帯に手挟《たばさ》んだ。股引《ももひき》は脱いで、さらしになっている。

格好はいっぱしだが、眩《まぶ》しい真っ白なさらしが、清潔《せいけつ》というよりは未熟さを物語っているように見える。

徳次郎は棹《さお》を握り、先を桟橋につけた。

「行ってらっしゃい」

お由美はかがむと、舟の舳に両手を添えて押した。徳次郎も棹で桟橋を押す。

猪牙舟がゆるりと動いた。桟橋を離れたのを確認し、徳次郎は棹から櫓に持ち替えた。

「女将さんが舟を押すなんてえのは、舟が出るのになんの助けにもならないんですけどね。まあ、なんて言いますかね、儀式みてえなもんですが、風情《ふぜい》があっていいんですよね」

一人前の船頭のように、徳次郎は講釈を垂れながら櫓を漕ぐ。

「おまえ……ええっと、徳次郎とか申したな」

「どうぞ、徳って呼んでやってください。お侍さまは……」

「北川《きたがわ》だ」

恵氏は、外でよく使う偽名《ぎめい》を名乗った。

恵氏が偽名を使うのにはわけがある。

実はこの喜連川恵氏、やんごとなき身分、天下無敵の殿さまであった。

というのも……。


全国三百諸藩のなかにあって、将軍の家来ではないと豪語《ごうご》する喜連川藩は、わずか五千石、そんな小藩が幕府の法度《はっと》に縛られないわけは、家柄にある。

喜連川家の先祖をたどれば、室町《むろまち》幕府初代将軍・足利尊氏《あしかがたかうじ》にゆき着く。

尊氏は京に幕府を開いたが、鎌倉《かまくら》幕府滅亡《めつぼう》後の鎌倉が関東武士団を束ねる重要拠点《きょてん》と考え、次男の基氏《もとうじ》を派遣《はけん》した。

基氏は鎌倉公方《くぼう》と称されて、基氏の子孫《しそん》が代々、鎌倉公方を引き継ぎ、関東に勢力を築《きず》いた。

やがて、京の幕府と対立するようになり、室町幕府六代将軍・義教《よしのり》によって時の鎌倉公方・持氏《もちうじ》が征伐《せいばつ》された。

そのとき、持氏の遺児もほとんどが殺されたが、かろうじて赤子であった成氏《しげうじ》のみは許され、成人してから鎌倉公方となり、下野《しもつけ》の古河《こが》に移った。

このため、持氏の子孫は、古河公方と呼ばれるようになった。

戦国乱世となり、古河公方家は衰退《すいたい》したものの、豊臣秀吉《とよとみひでよし》によって保護され、関ヶ原《せきがはら》の合戦《かっせん》ののちには、徳川家康《とくがわいえやす》が将軍家の客分として保護した。

つまり、喜連川家は天下でただひとり、将軍の臣下ではない大名なのだ。

従って参勤の義務はなく、当主は、「公方」または「御所《ごしょ》」と呼ばれている。

一昨年末に隠居した恵氏は、大御所《おおごしょ》というわけである。

「徳はどうして船頭になりたいと思ったんだ」

「そらね、あっしは、こうしてお天道《てんとう》さまの下で、風を感じて身体中を使って働きたいって思ったんですよ。うちの家業は呉服屋なんですが、一日中、お客の顔色をうかがったり、銭勘定をするなんてのは、男のやることじゃねえって、親父と喧嘩《けんか》しましてね。飛びだしてきたんでさあ」

「そうか……銭勘定よりも舟を漕ぐのが男らしいか、なるほどな」

恵氏が納得したところで、

「それに、小粋に櫓を漕ぐ姿なんてのは、若い娘にもてるんですよ」

悪びれることなく、徳次郎は本音を漏《も》らした。

「なんだ、結局、女にもてたいからなのか」

恵氏が噴きだすと、

「いけやせんかね」

「いや、おおいに結構だ」

舟は柳橋をくぐり、大川《おおかわ》に出た。

すると、徳次郎の様子がおかしくなってきた。櫓を漕ぐ手つきが怪しくなり、腰砕けとなっている。

それにつれ、舟は前に進まず、横を向き岸に近づいた。

徳次郎の額から汗が滲《にじ》んだ。

「おい、大丈夫か」

恵氏も心配になってきた。

「だ、大丈夫ですよ」

声が裏返ったと思うと、舟は岸にぶつかり、大きく揺れる。

二

「すいません。ここを抜けると、あとはすいすい行きますんでね」

徳次郎の言葉とは裏腹に、舟は容易に進みそうもない。徳次郎は櫓から棹に変えようとした。

「棹はおれに任せろ」

たまらず、恵氏は中腰となって棹を持った。

「すみませんね。なら、お任せしますよ」

余裕を失くした徳次郎は、櫓を持ったまま返事をしたものの、すでに息があがっている。

恵氏は棹で岸を突いた。舟がゆっくりと出る。徳次郎は舟の上で、へたりこんでいる。

「おい、徳、早く櫓を漕がぬか」

恵氏が叱咤《しった》すると、

「へ、へい」

なんとも情けない声を出して、徳次郎はよっこらしょと立ちあがると、しぶしぶといった様子で櫓を持ち、漕ぎはじめる。

舟はゆるゆると、上流を目指しはじめた。

いまや徳次郎は、すっかり無口になってしまった。

必死の形相《ぎょうそう》で、ただただ櫓を操《あやつ》る。

それでも、船首は右に向いたり、左に向いたりを続け、まるで亀の歩みであった。

後ろから来た猪牙舟の船頭が、

「邪魔だ」

罵声《ばせい》を浴びせながら、次々と追い抜いていく。

「悔しいね」

徳次郎は嘆《なげ》いた。

「他の舟のことはどうでもいい。いまは己《おのれ》の櫓に集中しろ」

「わかりましたよ」

不貞腐《ふてくさ》れたように返すと、徳次郎は櫓を硬く握りしめた。

鳶《とんび》が空で弧《こ》を描く。抜けるような青空に、白雲が光っていた。

「よい、日和《ひより》だな」

恵氏は手庇《てびさし》を作り、空を見あげた。

しかし、徳次郎に天気を楽しむ余裕などあるはずもなく、目を血走らせ、櫓を漕ぐことに集中していた。

すると、

「ああっ」

徳次郎は甲走《かんばし》った声を発した。

前方から、屋形船《やかたぶね》が迫ってきた。二十人ほどを乗せた大きな船で、数人の船頭が、屋根の上から棹を使って漕いでいる。三味線《しゃみせん》の音色《ねいろ》、歌声が賑《にぎ》やかに聞こえ、船遊びに興じていた。

「あわてるな。向こうで避けてくれるさ」

落ち着いて、恵氏が声をかけた。

徳次郎は櫓を持ったまま、固まってしまった。すると屋形船は船首を右に向け、猪牙舟を避けてくれた。

それでも、大きな波飛沫《なみしぶき》が跳ねあがり、徳次郎にかかってしまった。

「つ、冷てえ」

着物も髷《まげ》も濡《ぬ》れてしまい、徳次郎は泣き声を放った。

「これも修業だぞ。一人前の船頭になりたいのだろう」

恵氏が励ますと、

「へ、へい」

気を取り直して、徳次郎は櫓を持ち直した。

恵氏の叱咤が功《こう》を奏《そう》したのか、舟は軽快とはほど遠いまでも、それなりに前に進むようになった。

左手に幕府の米蔵が建ち並び、首尾《しゅび》の松《まつ》と呼ばれる、松の木が一本植えられている。右手には肥前平戸《ひぜんひらど》松浦家《まつうらけ》の屋敷が見え、椎《しい》の木がひときわ人目を引く。

ゆとりができたようで、

「首尾の松と椎の木、まるで夫婦みたいだって言われますがね。間に流れる大川が荒れるのも、天気のせいばかりじゃなく、やきもちを焼いているんですかね」

などと舌が滑らかになり、船頭小唄《こうた》を歌いはじめた。

なかなかの名調子である。

大店の若旦那とあって、これまでさんざん茶屋酒を飲んできたのだろう。お座敷で芸者相手に小唄、長唄《ながうた》を披露してきたに違いない。

左岸に駒形堂《こまがたどう》、正面に吾妻橋《あづまばし》が見えてきた。

「北川さま、もうすぐですからね」

「う、うむ。最後までしっかり頼むぞ」

「任せてくだせえ」

右手に、砂州《さす》が見えてきた。群生した葦《あし》が川風に揺れ、なんとなく侘《わび》しさを誘う。

と、思ったら、

「邪魔だ、邪魔だ」

なんとも伝法な声が、背後から聞こえてきた。恵氏が振り返ると、声音同様の乱暴な操り方で、猪牙舟が近づいてきた。

「馬鹿者！」

恵氏は怒鳴った。

しかし、猪牙舟は速度をゆるめることなく迫ってきた。徳次郎も気づき、大あわてで櫓を漕いだが、時すでに遅く、猪牙舟の船首《せんしゅ》が船尾《せんび》に激突した。

「ああっ」

徳次郎が素《す》っ頓狂《とんきょう》な声をあげ、舟は大きく傾いた。

咄嗟《とっさ》に恵氏は船縁《ふなべり》をつかんだが、舟は転覆《てんぷく》してしまった。

一方、乱暴な猪牙舟は客をひとり乗せたまま、恵氏と徳次郎には目もくれずに去っていった。

恵氏は歯嚙《はが》みしながらも、足で川底を探る。幸いなことに浅瀬《あさせ》であった。すぐに立つと、水は股下《またした》までしかない。そのうえ、砂州は間近である。

背後で、ばたばたと水を弾く音がした。

「た、助けてくだせえ！　あっしゃ、泳げねえんですよ」

徳次郎は情けない声で、助けを求めてきた。

「おい、おれを見ろ」

恵氏が仁王《におう》立《だ》ちをすると、

「あれ……」

我に返った徳次郎は、手足の動きを止めた。次いで、すっくと立ちあがり、

「なんでえ」

照れ笑いを浮かべ、大きくくしゃみをした。

「ったく、吉原《よしわら》通いの客だな。ひでえことしやがる。あんなふうじゃ、もてないだろうよ」

見えなくなった猪牙舟に、徳次郎が毒づく。

いまや猪牙舟は、川に沈んでしまっていた。

「ひとまず、砂州でひと休みするか」

恵氏は砂州にあがった。

濡れそぼった着物がべったりと背中や足に貼りつき、気持ち悪いことこのうえない。しかも、川風に吹きさらされ、とんでもなく寒い。

「ここで、徳の船宿の船頭がやってくるのを待つとしよう。女将の話だと、亭主が追いかけてくるそうだからな」

恵氏は濡れた着物を脱いだ。足袋《たび》や襦袢《じゅばん》も濡れているため、下帯《したおび》ひとつとなった。全身に鳥肌《とりはだ》が立つ。

徳次郎も下帯ひとつとなって、ぶるぶる震え、

「ひでえよな」

泣き言を並べはじめた。

着物の上からでも華奢だとわかる徳次郎の身体は、案の定、痩《や》せ細り、あばら骨が浮かんでいる。

「いまさら愚痴《ぐち》を言っても、しかたあるまい。それよりおまえ、泳ぎは覚えてお

けよ。船頭が泳げないいんじゃ、話にならんからな」

返事の代わりに、徳次郎は盛大にくしゃみをした。

恵氏は肩をそびやかして周囲を見まわす。すると、葦の茂みの隙間《すきま》から、人の影が見えた。横たわっている。

葦をかき分け、

「おい」

恵氏は声をかけた。

しかし、返事はない。

嫌な予感が、胸にせりあがる。茂みを抜けると、男が横たわっていた。胸に血痕《けっこん》があり、顔に血の気はない。両目がかっと見開かれ、死の形相を示していた。

身形からして町人である。

死に顔のため年齢は不確かだが、三十は過ぎていそうだ。着物を開いてみると、胸や腹に刃物による刺し傷があった。

どこかで殺されて、ここに捨てられたということだろう。

すると、

「ああ、ひどい目に遭ったよ」

岸のほうで、徳次郎の声が聞こえ、それ以外の男の声もする。どうやら、丸山の亭主がやってきたようだ。

「北川さま、助っ人がまいりましたよ」

能天気な徳次郎の声が聞こえた。

「徳、ここだ。丸山の亭主と一緒に来てくれ」

恵氏が返事をすると、

「ええ……なんですか」

徳次郎の声に不満が滲んでいるのは、早く船宿に戻りたいからだろう。

「いいから来い」

強い口調で命ずると、徳次郎と船頭たちが葦をかき分けてやってきた。

「なんだい、物好きだね。こんなところで昼寝……」

亡骸《なきがら》を見た徳次郎が、すでに死んでいることに気づき、

「ひ、ひえっ……き、北川さま、どうして殺したんですか」

粗忽《そこつ》にも、徳次郎は勘違いをした。

船宿の亭主と付き添いの船頭は、驚きのあまり言葉を発せられない。

「おいおい、おれの仕業のわけがないだろう。おれはおまえと一緒だったのだ。

仏はずっと前に、ここに捨てられたに違いない」

落ち着いて恵氏が返すと、

「あ、それもそうか」

あっさりと徳次郎は認めた。

「てことは、殺した奴は、まだその辺に潜んでやがるんですかね」

葦の茂みに、徳次郎は視線を走らせた。

船宿丸山の亭主、正吉は、恰幅《かっぷく》のいい中年男であった。日焼けで顔は赤黒く、まくった袖から丸太のような腕が覗《のぞ》いている。

と、やおら正吉は亡骸にかがむと、

「金次郎《きんじろう》の旦那……。ああっ、金次郎の旦那だ」

大きな声を出した。

横の徳次郎も、亡骸の素性《すじょう》に気づいたようだ。

「存じておるのか」

恵氏が尋ねると、正吉が答えた。

「両国の両替商・恵比寿屋《えびすや》の旦那でさあ。ときおり、うちも使ってくださるんですよ」

「吉原通いにね」

徳次郎が言い添える。

「とりあえずお侍さま、ひとまずうちへ戻りましょう」

「そうだな……」

「金次郎の旦那が殺されなすったなんて、こりゃ、とんだこった」

さかんに徳次郎は愚痴を並べた。

「北川さま、本当にとんだことになりまして、うちでお着替え……と申しましても、着物はあっしか船頭たちの物ですんで、ぱっとしないのですがね」

正吉の言葉に、

「それはかまわんが……それよりも、すぐに自身番に届けるのだ。そのとき、北町の同心・本浦八右衛門《もとうらはちえもん》に来てくれるよう頼んでくれ」

恵氏はそう指示し、正吉と徳次郎で、金次郎の亡骸を舟に運んだ。正吉が乗ってきたのは、猪牙舟よりも大きい屋根舟であった。

三

丸山の二階でひと休みしたあと、恵氏はひとまず正吉の着物に着替えた。

濡れた着物は、裏庭に干してある。地味な黒木綿《くろもめん》の着物姿となった恵氏は、普段を知る者の目に、さぞや奇異に映るだろう。

そうこうしているうちに、北町奉行所の同心・本浦八右衛門と岡っ引きの紋太《もんた》が姿を見せた。ひととおり事情を語り終えると、恵氏は、喜連川家に使いを出すよう本浦に頼んだ。

昼下がりとなって、

「大御所……いや、北川殿」

がさつな声が聞こえたかと思うと、大柄な男が部屋に入ってきた。手には風呂敷包みを持っている。

「おお、源公《げんこう》、早かったな」

源公こと大月源五郎《おおつきげんごろう》は、あがった息を整えた。本浦を通じて、恵氏は源五郎に着替えを持ってくるよう言いつけたのだった。

太い眉《まゆ》に大きな鼻、両目がつりあがり、無骨を絵に描いたようなこの源五郎は、喜連川家の家臣ではない。

老中首座にして白河藩主《しらかわ》・松平越中守定信《まつだいらえっちゅうのかみさだのぶ》に仕えている。

定信の命により、恵氏の警護役兼目付役となって、喜連川家に通っているのだ。

派手な身形の恵氏とは対照的に、源五郎は黒地木綿の小袖に袴《はかま》、黒紋付《くろもんつき》という地味な装いだ。源五郎の主人、松平定信が推進する質素倹約《けんやく》を体現しているとも言えるが、素朴《そぼく》な源五郎には、それがぴったりと似合ってもいた。

風呂敷包みを源五郎が広げ、さっそく恵氏は着替えた。やはり恵氏には、派手な柄《がら》の着物が似合う。

着替えを終えたところで、

「本浦殿からざっと聞いたのですが、とんだ災難でございましたな」

源五郎の言葉の裏には、黙って外出したことへの非難がこめられていた。

しかし、恵氏にそんな皮肉《ひにく》が通じるはずもなく、

「まったくだ。まあ、おまえが居たところで、役には立たなかっただろうがな」

憎まれ口を言ってから、恵氏はくしゃみをした。

内心で、ざまあみろと喜んだ源五郎は、

「いま、本浦殿と岡っ引きの紋太が、聞きこみにあたっております」

報告をはじめた。

これまでにも本浦と紋太は、恵氏の手助けで、数多くの手柄をあげていた。このため、恵氏を怖れ、警戒しながらも、本浦は恵氏の指示に従い、探索の状況を事細かに教えてくれる。

「おうかがいするまでもないと存じますが、こたびの殺しの一件、北川殿は探索をなさるおつもりでございますね」

念のために源五郎が確かめると、

「あたりまえだ。よいか、おれはなにも望んでかかわったのではない。舟で向島に行こうとしただけなのだ。身に降りかかった火の粉《こ》は、自分の手で払うのが当然だろう」

恵氏は目を輝かせた。

「ごもっともでございます」

源五郎が首肯《しゅこう》したところで、

「大御所さま」

という声とともに、本浦と紋太がふたたび現れた。

「こら、北川殿と呼ばんか」

つい、恵氏への不満を、本浦にぶつけてしまった。源五郎の注意に、本浦は肩をすくめて詫びてから、話をはじめた。

「金次郎の着物から財布がなくなっていますから、物盗りの仕業……というか、金次郎を乗せた猪牙舟の船頭が怪しいと睨《にら》んでいます」

「そう決めつけていいのか」

恵氏が不満そうな顔をみせる。もしかすると、自分が乗りだす前に、早々と事件が落着するのが嫌なのかもしれない。

「恵比寿屋の奉公人に確かめたのですが、金次郎は吉原の馴染《なじ》みの太夫《たゆう》のところに行こうとしていたそうです。この船宿丸山から、猪牙舟を仕立てて向かっていたんですよ」

「それで、件《くだん》の船頭は捕まえたのか」

「いえ。逃げたようで、いま奉行所で追っています」

本浦が答えたところで、

「す、すいません」

徳次郎が入ってきた。

「どうした」

恵氏が問いかけると、

「やっさんに疑いがかかっているって、耳にしましたもんで」

「やっさんとは、本浦が下手人とみなしている丸山の船頭、安太郎《やすたろう》のことだった。

「落ち着け」

恵氏が諌《いさ》めると、徳次郎は腰を下ろすや、

「やっさんは、そりゃもう真っ正直で、誠実な人なんですよ」

大きな声で言いたてた。

なんでも、徳次郎が船頭になりたいと最初に相談したのが、安太郎だったらしい。兄貴肌で、舟の操り方を手取り足取り、教えてくれたのだそうだ。

「金欲しさに人を殺《あや》めるなんて、絶対にありませんよ」

徳次郎が断言したところで、正吉とお由美が入ってきた。

「徳さん、やっさんのこと、かばってくれてすまないね」

お由美が声をかける。

「女将さん、盗み聞きはひでえや」

「盗み聞きしなくたって、階段の下まで聞こえてましたぜ」

苦笑混じりに正吉が返し、徳次郎はぺこりと頭を下げた。

「なるほど。徳次郎が申すには、安太郎という男、金を盗んだり、ましてや人を殺めることなど考えられないということか……」

恵氏は、正吉とお由美の顔を交互に見た。

お由美はなにか言おうとしたが口をつぐんで、正吉に視線を預けた。おまいさんから言っておくれ、と目で頼んでいる。正吉はうなずき返し、

「徳が言いましたように、とにかく気持ちのまっすぐな男でしてね。もちろん、船頭としての腕もたしかですよ」

途端に、岡っ引きの紋太が口をはさみ、

「だからって、人を殺さないってことにはならねえよ。金に目が眩《くら》んで、魔が差したってこともあるじゃねえか。仏は、吉原に向かったんだ。さぞや懐《ふところ》は温かかったに違いねえや」

「そんな人じゃありません。やっさんは！」

すごい勢いで、徳次郎が反論した。

「てめえにわかるのか。この半人前が」

着物の袖をまくり、紋太は凄《すご》んだ。

なおも反論しようとする徳次郎を、恵氏が止め、正吉とお由美に尋ねた。

「殺された金次郎は、よくこの船宿を使っていたのか」

「うちだけ、というわけではありませんでしたけどね。この界隈《かいわい》の船宿は、よくお使いになっていらっしゃいましたよ」

吉原に行ったり、柳橋の芸者を引き連れ、舟遊びや向島に繰りだしたりしていたそうだ。

「以前に、安太郎が操る舟にも乗ったことはあるのだな」

「ええ、あると思いますよ」

お由美が答え終わらないうちに、またも紋太が、

「やっぱり前から、金次郎に目をつけていたんでしょうよ」

徳次郎は文句を言いたそうだったが、我慢して口を閉ざした。

「ともかく、捕まえりゃわかりますので」

本浦が腰をあげると、紋太も立ちあがり、

「じきにお縄にしてやるぜ」

聞こえよがしに捨《す》て台詞《ぜりふ》を吐き、本浦のあとについて座敷を出ていった。

「畜生《ちくしょう》め」

徳次郎は顔を歪《ゆが》めた。

どうしていいかわからないとでもいうように、お由美はため息を吐いた。正吉も苦い顔をしている。

あらためて徳次郎は、訴えかけるように言った。

「親方、絶対、やっさんがやったんじゃありませんよ」

「そりゃ、おれだって信じてやりてえよ。でもな、安が金次郎旦那を舟に乗せたのは、たしかなんだ。おまけに、行方知れずってのも、あいつにとっちゃあ都合が悪いぜ」

困ったように腕を組み、正吉は唇を噛んだ。

徳次郎はあぐらをかき、

「ったく、どこへ行っちまったのかな」

「徳さんがやっさんのことを思ってくれるのはありがたいけどさ。あたしらじゃどうしようもできないよ」

ため息混じりに語ったお由美に、徳次郎もそれ以上の口答えはしなかった。その代わり、恵氏に向き、

「北川さまは、八丁堀《はっちょうぼり》の旦那に顔が利きそうですね」

「おおいに利くぞ」

否定したり謙遜《けんそん》したりしないのが、恵氏である。

「それなら、この殺しの探索に、かかわってくださいませんか」

徳次郎の頼みを、

「よかろう」

当然のように恵氏は引き受けた。

源五郎は内心で舌打ちしたが、恵氏が殺しの探索に乗りだすことは確認済みであり、止めても無駄だということもよくわかっている。

「ありがとうございます」

「ただし、探索の結果、安太郎が本当に下手人であったとしたら、受け入れねばならんぞ」

恵氏は釘《くぎ》を刺した。

「へい」

徳次郎はしっかりと、首を縦に振った。

四

明くる十七日の朝、源五郎は喜連川屋敷に出仕した。

澄んだ青空が広がっている。

初春の風は肌寒いが、上野《うえの》界隈は正月の名残《なごり》で、華やいだ雰囲気が残っている。

今年はひときわ寒さが厳しかったせいか、春の深まりが待ち遠しい。

東には不忍池《しのばずのいけ》、東叡山寛永寺《とうえいざんかんえいじ》の巨大な伽藍《がらん》が建ち並び、北や西、南には大名屋敷の甍《いらか》が陽光を弾いている。わけても、加賀《かが》百萬石《ひゃくまんごく》・前田家《まえだけ》の下屋敷は十万坪、それに比べ、喜連川家の屋敷は千坪に満たない。

中級旗本《はたもと》程度の屋敷ながら、門は国主格《こくしゅかく》の大名家と同様、長屋門《ながやもん》の両側に破風《はふ》造りの屋根、石垣畳出しの番所が設けてある。

ところが、前田家や伊達家《だてけ》とは比べものにならない小体《こてい》な屋敷のため、長屋門がことのほか目立ち、屋敷とつりあいが取れていないのはご愛嬌《あいきょう》だ。

源五郎が御殿の居間に入ると、

「源公、すぐに出かけるぞ」

いきなり恵氏は告げた。

「ええ、どこへですか」

さすがに戸惑いを隠すことはできず、源五郎は問い直した。

恵氏はかたわらで控える美代《みよ》に向いた。

美代は側室《そくしつ》ではないが、恵氏の側近くに仕えている。

物怖《ものお》じせず、恵氏にもずけずけと意見をし、所作がてきぱきとしている。目鼻立ちが整った瓜実顔《うりざねがお》の美人で、黒目がちな瞳が愛らしい。

自由奔放《ほんぽう》な恵氏に振りまわされる源五郎にとって、美代と会えることはなによりの楽しみである。

美代が、

「さきほど、御奉行所の本浦さまから報《しら》せがあって、両国の百本杭《ひゃっぽんぐい》で安太郎さんとおっしゃる船頭さんの亡骸が見つかったということなんです」

「じゃあ、やはり下手人は、安太郎じゃなかったんですか」

源五郎が驚きの声をあげると、

「それはまだこれからだな」

恵氏は冷静に受け止めた。

「殺されたのですか。それとも自害……」

「それもこれからだ」

苛立《いらだ》たしげに恵氏は言うと、立ちあがった。源五郎も表情を引き締めた。

半刻後《はんとき》、恵氏と源五郎は百本杭にやってきた。

川の流れが強く、両国《りょうごく》の護岸《ごがん》を保護するために多数の杭が打ちこんであり、安太郎の亡骸はその杭に引っかかっていたのだ。

いまだ亡骸は、河岸に横たえられていた。

恵氏と源五郎を見ると、本浦が軽く挨拶《あいさつ》をした。

「まあ、ご覧になってください」

そう言うと、紋太が筵《むしろ》をめくった。

安太郎は胸をえぐられていた。

あきらかに殺しである。

すると、

「どいてくれ」

野次馬をかき分けて、徳次郎がやってきた。正吉とお由美も一緒である。

「やっさん」

　徳次郎は、安太郎の亡骸にすがった。正吉とお由美は、一瞥《いちべつ》してから天を仰《あお》いで絶句した。

　ややあって立ちあがった徳次郎は、泣きながら本浦と紋太に向いて、

「やっぱり、やっさんが下手人じゃなかったじゃありませんか」

　黙りこんでしまった紋太の代わりに、本浦が言いわけめいた言葉を返した。

「まあ、落ち着け。なにも、安太郎が下手人だと決めつけていたわけではない。かならず下手人はあげる」

　そこで源五郎が口をはさんだ。

「亡骸が見つかったときの様子を教えてくれ」

「今朝早く、通りかかった蜆《しじみ》売りが見つけたんです」

　医者の検死によると、安太郎は昨日中には殺されていたという。

「すると、どういうことになる」

「おそらくは、金次郎を殺した下手人が口封じに、安太郎も手にかけたということでしょう」

　本浦の推量に、

「至極、あたりまえすぎる考えだな。まるで源公のように、面白くもおかしくもない」

　恵氏はくさしてから、

「口封じとすると、どうして安太郎の亡骸も、砂州に捨てなかったのだろうな。金次郎の亡骸を砂州に捨てたというより、下手人は金次郎を砂州で殺したのだろう。周囲を葦が生い茂っていて、人目につかないからな」

「いかにも、ごもっともです」

　本浦もうなずいた。

　恵氏は正吉に、

「安太郎が乗っていた猪牙舟は見つかったのか」

「いえ、まだでさあ。腕のいい船頭だったやっさんが亡くなり、舟も見つからないとあっちゃあ、踏んだり蹴《け》ったりでさあ」

　正吉は肩を落とした。

「すると下手人は、金次郎を殺してから安太郎に引き続き舟を漕がせ、頃合を見計らってから手にかけたということかもしれん」

　恵氏の考えに、本浦も紋太も首を縦に振った。

「下手人は安太郎をどこかの河岸に着けさせ、そこで殺したんだと思います。ともかく、舟を探してみますよ。それと、金次郎に恨みを持つ者もいないか、あたってみます」

本浦はそう言ってから、面白くもおかしくもないでしょうけど、と付け加えた。

「いや、探索というのは、面白ければいいものでもない。地道な聞きこみの積み重ねでもあるのだ」

意外にもまっとうな言葉を、恵氏は返した。

「は、はあ」

戸惑いつつ、本浦は紋太を伴ってその場を離れていった。

依然として、徳次郎は唇を噛んでいる。

恵氏はみなに向き直って、声を放った。

「安太郎の身内は、どうなっておるのだ」

これにはお由美が、

「やっさんは、身内がいないんですよ。気の毒なことに、三年前に火事でおかみさんとふたりのお子さんを死なせてしまったそうなんです」

お由美の言葉を引き取り、

「そのときに、うちに雇ってくれってきましてね」

それ以前は、安太郎は上総で船頭をしていたそうだ。

「天涯《てんがい》孤独であったということだな」

「そのせいですかね。徳さんにも優しかったし、近所の子どもたちとも、よく遊んでやっていましたね」

お由美がしんみりとなる。

「やっさん、たまに亡くしたおかみさんや、お子さんのことを思いだすんでしょうかね。東の空を見あげて涙ぐんでいましたよ」

徳次郎はそう語ってから、目に涙を浮かべた。

「今頃、亡くなった家族と会えていればいいんですけどね」

お由美の言葉に、徳次郎は強く首を左右に振って、

「下手人が捕まらないうちは、成仏できませんよ。そのためにも下手人を……」

徳次郎は拳《こぶし》を握りしめて、涙をこらえた。

恵氏と源五郎は百本杭から離れ、両国の恵比寿屋を訪ねることにした。

「やはり、恨みの線も捨てきれませんね」

歩きながら源五郎は、恵氏に語りかけた。

「そういうことだ」

恵氏も賛同し、足を速めた。


「あそこですよ」

両国に着き、源五郎は恵比寿屋を指差した。

立派な店構えの店が建ち並んだ両国にあっても、恵比寿屋はひときわ目立っている。間口十間、屋根瓦《がわら》は葺《ふ》き替えられたばかりで、日輪《にちりん》を弾いていた。

今日は喪中《もちゅう》の札が貼ってあるものの、店は開けている。

「商売熱心ですね」

源五郎が言うと、

「金次郎の人となりを物語っているのかもしれんぞ」

恵氏はほくそ笑んだ。

「それはどういう意味ですか」

「金次郎が、身内や奉公人たちに好かれていなかったのかもしれんということだ。なにせ、店をほっぽらかして、吉原通いをするのだからな」

「ともかく、聞きこみをしてまいります」

勇んだ源五郎を、恵氏が止めた。

「おまえはやめておけ」

「本浦殿に任せておけ、とおっしゃるのですか」

不満げに源五郎が問いかえす。

「おまえのようながさつな男が聞きこみに行っても、よいネタは引っ張れん」

「それもそうですね。でも、せっかくここまで来たのですから……」

「すでに手は打ってある」

にんまりとする恵氏に、なおも問い返そうとした源五郎が、ふと往来を歩く美代の姿を見かけた。

「美代殿、奇遇ですな」

能天気に発する源五郎に、

「美代には聞きこみを任せておったのだ」

恵氏は言った。

「ははあ、なるほど……」

源五郎が感心したところで、美代が近づいてきた。

「女中として潜りこみました」

美代は言った。

「さすがは美代殿だ」

源五郎の賛辞《さんじ》にかまわず、恵氏はさっそく問いかけた。

「それで、金次郎の評判はいかがなものだ」

「女中や奉公人の間でも、あまりよくはありませんね」

「商売に熱を入れてないからか」

「それもありますが……なにしろ気まぐれで、機嫌が悪いときなど、奉公人にあたり散らすのだそうです。入れ替わりも激しく、常に募集しているのだとか。だからこそ、すんなり女中として入ることができたのですけどね」

ましてや、これから金次郎の葬儀《そうぎ》があるとあっては、恵比寿屋も天手古舞《てんてこまい》。猫の手も借りたいほどで、美代も入りこみやすかったらしい。

五

「引き続き、役に立ちそうなネタを探ってまいれ」

恵氏にそう命じられ、美代は張りきって恵比寿屋へと戻っていった。

「頼もしいですね」

源五郎は、美代の背中を見ながらそう言った。


それから三日後の二十日、源五郎が喜連川屋敷に出仕すると、恵氏は美代の膝枕《ひざまくら》で耳掃除をしてもらっていた。

「おお、源公」

むっくりと恵氏は半身を起こした。それからおもむろに、

「やはり金次郎という男、すこぶる評判が悪い」

と、言った。

源五郎が見やると、美代はひとつうなずき、

「金次郎は商《あきな》いを女将さんと番頭《ばんとう》に任せ、自分は寄合《よりあい》と称し、年中、家を空けていたそうなんですよ」

もちろんのこと金遣《かねづか》いは荒く、まさに湯水のごとく使っていたそうだ。

「そのような男だからこそ、恨みを抱いておった者もいた」

恵氏の言葉に、美代が言い添える。

「それも、数かぎりなくですね。金にものを言わせ、人の頬を張るような男でしたから、他人を見下すこともしょっちゅうだったそうです」

「それじゃあ、敵だらけだったわけですね」

　源五郎が聞くと、

「そんなわけで、近頃では用心棒を雇っていたそうです」

「浪人《ろうにん》ですか」

「木島勘兵衛《きじまかんべえ》という男で、結構な手練《てだ》れであるとか」

「その者は、金次郎が猪牙舟に乗っていたとき、なにをしていたんですか」

「一緒には乗らなかったそうです」

「そら、またどうしてですか。用心棒なのでしょう」

「そこはよくわかりません。とにかくそのとき金次郎は、ひとりで出かけていったということでした」

「これは……くさいですね」

　源五郎が恵氏に向くと、

「手抜かりはない。すでに美代は、木島の所在をつかんできた」

　恵氏が答えた。

「さすがは美代殿、では、わたしが木島に会ってまいります」

あとは引き受けたとばかりに、源五郎は張りきったのだが、

「いや、それも美代に任せておけばいい」

あっさりと恵氏に拒絶されてしまった。

「ですが、相手は手練れの侍ですぞ」

美代を気遣う源五郎に、恵氏はうるさそうに手を振る。

「木島という男、雇い主の金次郎同様に、たいそう傲慢《ごうまん》な人物らしい。おまえは腕っ節には自信があるのだろうが、そういう輩《やから》に強気に出ても、かえって反発されるだけだ。それでは、ネタを引っ張ることはできん。ここは、やわらかに出たほうがいい」

「ごもっともですが……では美代殿、いかにされるのですか」

心配そうに源五郎が尋ねると、

「まあ、任せてください」

美代はにっこりと微笑《ほほえ》んだ。

「美代、頼むぞ」

恵氏が言ったところで、屋敷の使用人が本浦の来訪を告げた。

恵氏は短く、通せ、と言った。

すぐに本浦が姿を見せ、庭先で片膝をついた。

「なかなかに義理堅い男だな」

「大御所さまに不義理はできません」

「それで、なにかわかったか」

「舟が見つかりました」

江戸湾に流されていたそうだ。

「下手人の目星はついているのか」

あえて恵氏は、木島のことを黙っている。

「それが、金次郎には敵が多すぎてですね、絞りきれないんですよ。商売仲間、料理屋で揉《も》めた相手……ですから、それらをあたっているところなんですがね」

「下手人は、金次郎が猪牙舟に乗ることを知っていたことになるな」

「そうなりますね。柳橋界隈の船宿を虱潰《しらみつぶ》しにあたって、金次郎を追いかけた船はないかと探しています」

そう答えてから、本浦はさらに言い添えた。

「結果が出ないのは、調べ方が足りないのかもしれません。もう一度、しっかりと聞きこみをする予定ですよ」

「船宿での金次郎の評判はどうだったのだ」

「それが、さまざまなんですよ。気前よく小遣いをくれるって喜んでいる船宿もあれば、傲慢で鼻持ちならない野郎だったって話もありましたね。まあともかく、ずいぶんと勝手気ままな男ではあったようで。それゆえか、定宿は作っていなかったようです」

「であれば、丸山を使うとはかぎらなかったということだな」

「そのようですね」

恵氏の言葉に、本浦は深くうなずいた。

「ともかく、船宿を引き続きあたってみろ」

恵氏に言われ、

「わかりました」

素直に本浦は受け入れ、その場から立ち去った。

「よし、本浦は木島には注意を向けておらんぞ」

本浦がいなくなったところで、恵氏はにんまりとした。

「大御所さま、お任せください」

美代は胸を叩《たた》いた。

その晩、美代は鎌倉河岸にある縄暖簾で、木島と酒を酌《く》み交わしていた。

今日の美代は着物を着崩し、紅もいつもよりも濃い。どこか、はすっぱな印象を与えている。

源五郎は、店の隅《すみ》でふたりの様子をうかがっていた。手拭いで頬被《ほおかぶ》りをし、薄暗がりのなか、陰気に酒を飲んでいるため、美代には気づかれていないだろうと思っている。美代を心配するがゆえの、勝手な行動であった。

ところが源五郎は知る由《よし》もないのだが、美代はただの娘ではない。

喜連川家に累代《るいだい》にわたって仕える忍び、「影猫《かげねこ》」の棟梁《とうりょう》なのだ。

歴代の棟梁は泰平の世にあって、忍びの技を使うことはなく、いわば家業として継承するだけであった。ところが、恵氏という桁外《けたはず》れの当主が、さまざまな事件に首を突っこむようになり、美代は封印してきた、影猫の忍び技を駆使《くし》して探索に利用しているのだった。

「さあ、飲め」

木島は機嫌よく、ちろりを向けてきた。美代は猪口《ちょこ》を手にしたものの、躊躇うように縁台に置いた。

「なんだ。そっちで誘っておいて、酒を飲まぬのか」

木島は不満げに鼻を鳴らした。

大きな鼻の穴が開いた。

「飲みますよ」

駄々《だだ》をこねるように、美代は身をくねらせた。

「ならば」

木島がちろりをふたたび持ちあげると、

「こんな小さいのじゃね」

美代は猪口を睨んだ。たちまち、木島は破顔し、

「おお、これはすまなかったな」

詫びてから、調理場に湯飲みを持ってくるよう言いつけた。すぐに湯飲みが届いたところで、美代は木島の酌《しゃく》を受け、

「では」

にっこりと微笑んでから、酒をひと息に飲み干した。

「ご返杯」

そのまま、湯飲みを木島に手渡す。

「おお、飲めるではないか。いや、今宵《こよい》は愉快になりそうじゃ」

木島が、大声を放って笑った。

それからしばらく飲み続け、木島の呂律《ろれつ》は怪しくなっていたが、美代はというと、露《つゆ》ほどの乱れもない。

「木島さん、これからどうするんですか」

すでに、木島の目はどす黒く淀《よど》んでいた。

「どうするとは」

「決まっているじゃありませんか。恵比寿屋さんの用心棒じゃなくなったんですよね」

「食い扶持《ぶち》ということか。ま、おれほどの腕があれば困ることはない。だから、心配するな」

木島の顔はやに下がり、ねちっこく美代の手をつかんだ。美代はやんわりと手を振りほどき、

「あたしね、金のかかる女なんですよ」

冷たく言い放った。

「金なら心配ない」

木島は気圧《けお》されたように言った。

「恵比寿屋の旦那から、たくさんせしめたんですか」

「そういうことだ。恵比寿屋金次郎は、打ち出の小槌《こづち》であったぞ」

酒の勢いがあってのことか、美代に自慢したいのか、木島は財布を取りだし、美代の前に置き、中身を取りだした。山吹色《やまぶきいろ》の輝きとともに、ちゃりん、という音がした。

途端に、まわりの目が集まり、木島が酔眼《すいがん》で睨みつけると、好奇の目は引っこんだ。

「ここにな、三十二両ある」

自慢げに木島は言った。

三十両あまりか、と内心で美代は冷笑を放ちながらも、

「こんな大金、どうしたんだい」

興奮を装い、尋ねた。

「決まっているだろう。金次郎から巻きあげたんだ」

得意げに木島は答えた。

六

「まさか……あんたが金次郎の旦那を殺めたの」

美代は怯《おび》えたように身をすくめた。

「おい、早とちりするな」

木島は周囲を見まわした。幸い、誰の注意も引くことはない。それを確かめてから、

「金次郎という男はな、見栄っぱりで強気を気取っていたが、これが案外と気が小さかったのだ。だから、おれを用心棒に雇い、出かけるときにはいつもついていった。当然、そのたびに手当てを弾んでくれた」

「じゃあ、殺された日も用心棒としてついていったんでしょう。だけど、むざむざと殺されて、用心棒失格じゃないか」

非難をこめ、美代は言った。

「いやいや、ところがあの日にかぎって、おれが恵比寿屋に行く前に、金次郎は出かけていったんだ」

「そらまた、どうしてなの」

「火急《かきゅう》の用事……おそらくは、吉原の花魁《おいらん》から、すぐに来てほしいという文《ふみ》でも届いたのではないか」

「通っていた花魁がいたんだ」

「ああ、そうだ。身請《みう》けの話もあったから、ひょっとしたらその件で出かけたのかもしれんな」

そう言いつつ、木島は酒の替わりを頼んだ。

「身請けをしにいく途中で、斬《き》られたってわけですか」

美代がつぶやくと、

「おい」

やおら木島は美代の手を取り、己のほうに引き寄せた。

「ちょいと、人が見ているじゃないか」

ふたたび美代は、やんわりと木島の手を振りほどいた。

「ならば、店を出よう」

なおも木島は、嫌らしい笑みを浮かべている。

「だって、酒の替わりを頼んだじゃないのさ」

「酒など、船宿で飲めばよい」

木島が言ったとき、ちろりが届いた。

「さあ、飲んで」

すかさず美代は、ちろりを手にした。

「もう、よい」

そう言い放った木島は、立ちあがると縁台に一朱金を置き、美代の手をつかむや店の外に連れだした。女中が、

「お侍さま、お釣り……」

と、声をかけたが木島の耳には届かず、ふたりは店の外に消えていった。


店の隅でじっと成り行きを見ていた源五郎は、さきほどから、内心でじりじりとしていた。話を引きだすという役目はわかっていたが、美代と木島があまりに親しげに見えてしまい、嫉妬《しっと》の炎が立ちのぼってしまう。

酔いがまわった木島は、身体が微妙に揺れ、しきりと美代の手を握ろうとしていた。

「おのれ」

そのたびに、つい口汚《くちぎたな》い言葉を発してしまう。

「どうかなさいましたか」

何度か女中に聞かれ、ばつの悪い思いをした。

落ち着け、みっともないぞ、と源五郎が己に言い聞かせていると、やおら木島は立ちあがり、美代の腕を取って、引きずるように店を出ていった。

すかさず源五郎も、勘定を縁台に叩きつけて立ちあがる。

「お侍さま、お釣り……」

木島に呼びかけていた女中に、源五郎が声をかける。

「ちょうどいい。わたしも帰るところだから、持っていってやろう」

女中から銭を受け取り、木島と美代のあとを追いかけた。


「ちょいと、悪酔いですよ」

美代がやんわりとたしなめるが、

「いいから、来い」

木島は手を離さない。

「痛いですよ」

美代は強い口調で抗議した。

「なに、じきに気持ちよくしてやる」

下卑《げび》た笑いを浮かべ、木島は言った。そして、つかんだ手に力をこめた。

美代の足が引きずられ、往来に筋を作った。

そのとき、

「待て」

背後で、大きな声が聞こえた。

美代と木島が振り返る。

源五郎が立っていた。

「なんだ」

思わぬ邪魔者に、木島は顔を歪ませ、源五郎を睨んだ。

「釣り銭だ」

手のひらに銭をじゃらじゃらとさせながら、源五郎が言った。

木島は冷笑を浮かべ、

「そんなはした金、貴殿にくれてやる」

吐き捨てるように言うと、美代を連れていこうとした。

するとまたも、

「待たれよ」

「なんだ」

うざったそうに、木島は返す。

「その娘、嫌がっておるではないか」

「うるさい。おまえはすっこんでおれ」

木島は怒声を発した。

「そういうわけにはまいらん」

源五郎が前に進み出る。

ここに到って、

「やるか」

やっとのことで、木島は美代から手を離し、右手を刀の柄《つか》にかけた。

しかし、酒を飲みすぎたせいか、足元がふらついている。

源五郎は難《なん》なく詰め寄ると、拳を木島の鳩尾《みぞおち》に叩きこんだ。

たまらず、木島は前のめりに倒れる。

美代が、源五郎に近寄ってきた。

「美代殿、ご無事でなによりでござる」

源五郎が気遣うと、

「よけいなことをしてくれましたね」

美代は怒りを示した。

「あ、いや、これは、その……」

思わぬ反応に、源五郎はおろおろとした。

「いろいろと探りを入れようと思ったのですよ」

口を尖らせた美代に、源五郎は必死に言いわけを重ねた。

「いや、申しわけござらん。つい、美代殿が悪さをされると心配になってしまいまして、その……」

だが、なにを言っても男らしくないと思い、そこで口を閉ざした。

すると美代は、ふう、とひと息ついて、

「でも源五郎殿、お気持ちは嬉《うれ》しいですよ。ありがとうございました」

と、丁寧《ていねい》に頭を下げた。

「いや、まこと、すみません」

源五郎の胸が、きゅん、となった。

明くる朝、源五郎は叱責《しっせき》覚悟で、喜連川屋敷に出仕した。

美代と視線を合わせることがはばかられる。

予想に反して、恵氏の態度に変化は見られなかった。

「美代に木島の聞きこみをおこなわせた。木島という男、相当にだらしないようだが、金次郎殺しの下手人ではないようだな」

どうやら昨晩のことを、美代は黙っていてくれたようだ。

「すると、本浦殿の探索に期待が持てますね」

「それもそうだが、気になるのは、金次郎が木島を待たず出かけたことだ。吉原の花魁の身請け話があったそうだから、それが用件かもしれん。すると、こうも考えられる。下手人が花魁の名を騙《かた》って、金次郎をおびきだした、とな」

恵氏の考えに、

「なるほど。すると、下手人は金次郎を追いかけずとも、先まわりができたわけですね」

源五郎も賛同した。

「そういうことだ。砂州に潜んでいたかもしれんぞ」

「となると、舟は柳橋の船宿から出たのではないかもしれません。柳橋とは反対、山谷堀《さんやぼり》あたりかも」

ここで美代が口をはさんだ。

「そうなると、探索は振り出しに戻ったということでございますね」

「あながちそうとも言いきれん。下手人はある程度、絞られるぞ。金次郎が花魁を身請けすることを知っていた者だ」

「そうですよね。ならば、恵比寿屋の者ということでしょうか」

「恵比寿屋であの日、出かけた者を調べてみる必要があるな」

「その役目、わたしが……」

と、源五郎は言いかけて、

「やはり、美代殿がよろしいですね」

言い直した。

「そういうことだ」

当然のように、恵氏は美代に頼んだ。

「お任せください」

いつものごとく、美代は微笑んだ。

七

数日後、美代が探索の成果を報せにきた。

それによると、店のなかで金次郎の身請け話を知っていたのは、番頭と女房であるという。

「女房も知っておったのか」

「まったく、とんでもない男でございます」

憤る恵氏と源五郎に、美代が付け加えた。

「悪びれるどころか、それはもう、誇《ほこ》っていたそうです。花魁を身請けするのは分限者《ぶげんしや》の甲斐性《かいしよう》だなどと言って。しかも、それだけの分限者の女房であることを自慢に思え、とうそぶく始末だったようで」

呆《あき》れたものだ、と三人はため息を吐いた。

「それはともかく、金次郎が殺された時刻、店を空けていた者はおったのか」

恵氏の問いかけに、

「それが、ひとりもおりませんでした」

美代は答えた。

「すると、金次郎の仲間内が怪しいということか」

「そういうことになるのですけど……それがそもそも、あの日に件《くだん》の花魁は、金次郎に連絡などしていないのです」

源五郎は眉根を寄せた。達磨《だるま》のような顔が際立つ。

「やはり、下手人におびきだされたのですね」

「源公、わかりきったことを真顔で申すな」

鼻白んで恵氏は言った。

「そ、そうですけど」

源五郎が答えたところで、またもや本浦の来訪が告げられた。


「大御所さまのお指図どおり、柳橋界隈ばかりか、大川沿いの船宿の聞きこみをおこなったんですがね。金次郎を乗せた猪牙舟が、あの砂州に着いた頃合に、近くを行き会わせた舟はあったんですが、そうした舟の乗客と金次郎とのかかわりが、どうにもはっきりしないんですよ」

本浦は申しわけなさそうに頭を下げた。

無理もない。船宿で、自分はどこそこに住む誰だ、といちいち名乗って乗りこむ者はいないだろう。船宿とて、常連客でないかぎり、乗せた客の素性などわかりはしない。

「いや、よい。よく聞きこみをしてくれたな」

さすがの恵氏も、叱責や非難をすることはなかった。恵氏から思いもかけない労《ねぎら》いの言葉をかけられ、本浦は目をぱちくりとさせ、

「あ、ありがとうございます」

頭をぺこぺことさせた。

続いて、

「情けないことに、下手人の見当はさっぱりついていません」

本浦は困ったように腕を組んだ。

「ま、あとはおれに任せておけ」

いつものように恵氏は、自信に満ちた物言いをした。

「もしかして大御所さまは、見当がついておられるのでしょうか」

本浦は目をしばたたいた。

「わからないことはない」

思わせぶりな笑みを返す。

「畏《おそ》れながら、お教えいただけませんか」

本浦が問いかけると、

「任せておけと申しておるではないか」

恵氏は語気を強めた。

「は、はい」

気圧されたように、本浦はふたたびぺこりと頭を下げた。

「案ずるな。いつものように、手柄はちゃんとおまえにやる」

恵氏は声高らかに笑った。

「では、よろしくお願いいたします」

深々と頭を下げて、本浦は立ち去った。

「大御所さま……。まこと、見当がついておられるのですか」

源五郎が問いかけると、

「もちろんだ。下手人が探しだせないのは、おれたちが間違った考え方をしていたからだ。正しく見直せば、おのずと下手人は浮かびあがる」

恵氏は珍しく大真面目だ。

「どういうことですか」

源五郎は首をひねった。

と、恵氏が美代を見やる。そなたならわかるであろう、という顔をしていた。

美代は声をひそめてつぶやきはじめた。

「下手人はあの日、金次郎が花魁を身請けするための五百両を持っていると知っていた人物。そして、身請け話をでっちあげ、船宿丸山におびき寄せることができた者。ということは……」

「そういうことだな。美代、その者の身辺を探れ。急に金まわりがよくなったとか、あるいは、金に困っておったとか……」

「承知しました」

どうやら恵氏と美代はわかりあっているようだが、源五郎はさっぱりだ。なんだか仲間外れにされたような気分になった。

自分も仲間に加わりたいと思い、

「なんのことやら、さっぱりわかりません。ご説明願えませんか」

「源公にはわからんだろう。いまはわからんでもよい。間もなく、わかるようになるからな」

無情にも恵氏は面白がるだけで、答えてはくれなかった。

「どうせ、わたしは頭が悪いですから」

不貞腐れたように返す源五郎を見て、

「美代、源公の奴、むくれおったぞ」

恵氏は、けらけらと笑った。

「むくれてなどおりません」

太い眉が寄って達磨のような顔を際立たせつつ、源五郎は返した。

「ともかく、美代の調べが終わり次第、おれは丸山に行く。おまえは、そうやってむくれておれ」

「いえ、わたしも行きます」

「来るなとは申さぬが、今回は源公の出番はなさそうだぞ」

恵氏は乾いた声音で言った。

遠くを見る目は、あたかも下手人の姿を見据《みす》えているようだった。

「ですが……警護の任がございます」

必死に源五郎は言いつのる。

「まあ、その立場も理解してやらんといかんな」

恵氏の言葉を受け、美代が加勢してくれた。

「そうですよ。源五郎殿は、それはもう生真面目なんですから」

「美代は源公が好きなようだな」

恵氏のからかいの言葉に、

「そ、そのようなことを申されますな」

美代ではなく、源五郎が動転して顔を赤らめた。


正月の晦日《みそか》、恵氏は源五郎を伴い、船宿丸山へとやってきた。

「これは、北川さま」

愛想よく、お由美が迎えた。

「徳次郎はいるか」

恵氏が聞くと、

「ええ、いますけど。また、徳さんの櫓で舟にお乗りになるんですか」

お由美は、いかにも物好きなといった態度である。

「ああ、また乗ってみたいな」

「よしたほうがいいと思いますよ」

お由美は冷たく言い放った。なんだか以前よりも、徳次郎に対する風当たりが厳しいように思えた。

「それは、船頭としての技量が劣《おと》っておるからだろうが……しかしな、前にも言ったように、何事も修業させてやらねば、一人前にはならぬものだぞ」

「ですけどね、ああいつまでも上達しないんじゃね」

お由美は鼻白んだ。

「ずいぶんと冷たい物言いよな」

「うちも商いなんですよ。それに、先だっての一件がありましたんでね。お客が、ばったり途絶えてしまったんです」

「果たしてそれだけか。なんでも昨年の秋、屋形船を転覆させてしまったそうではないか」

「ああ、そんなことがありましたね」

「船の底に穴が空いていたのに、十分な修繕をしなかったそうだな」

恵氏は、丸山の内情を把握《はあく》しているようだ。

いつの間に調べたのだろうか。

――もしかすると、美代が調べたのは丸山だったのか。

であれば、金次郎と安太郎を殺したのは……。

「手抜きはしていません」

心外だとばかりに、お由美は口を尖らせた。

「新造の屋根船が繋《つな》いであったが、最近買ったのか」

「ええ、これも商いですからね。無理してでも整えないことには、丸山をうちの人とあたしの代で潰すわけにはいきませんから」

強い口調になったお由美から、ふと視線を外した恵氏は、

「徳、いるか」

と、大きな声で呼ばわった。

「へい」

威勢のよい声とともに、勢いよく徳次郎が階段を駆け下りてきた。

「おお、徳、舟を出してくれ」

「合点でえ」

すぐさま徳次郎は請《う》け負《お》った。

ところが、

「徳さん、あいにくだけどさ。あんた、今日から船頭じゃないんだよ」

お由美は冷たく言い放った。

「ええ……どういうこってすか」

戸惑う徳次郎に、お由美はなおも言葉を重ねる。

「どういうこってすかって……辞めてもらうってこと」

「そんな急に言われても……。女将さん、そりゃねえよ。そりゃ、あっしはいまは半人前かもしれねえけど、一生懸命、修練を積んで、絶対に一人前の船頭になりますんで、どうかこのとおりですよ」

徳次郎は頭を下げた。

しかし、お由美は聞く耳をもたない。

「餅《もち》は餅屋、何事も向き不向きがあるんですよ。徳さんには船頭なんて、無理なことだったんです。お家に帰って、呉服屋をお継ぎなさいな」

「だけど、女将さんは何事も努力だと励ましてくださったじゃございませんか」

「言いましたけど、こちとら商いでやっているんですからね。そういつまでも半人前の船頭を置いておくわけにはいかないんですよ。やっさんもいなくなって、新造の船を買って、いまが大事な時ですから」

「だから、これからは迷惑をおかけしねえように、しっかりやりますよ」

「徳さん、いえ、若旦那。もう、お辞めになったほうがお互いのためです」

きっぱりと、お由美は言った。

がっくりとうなだれた徳次郎を見かねたように、

「女将、もう少しやらせたらどうだ。現に、おれも乗ってやると申しておるのだぞ」

恵氏が口をはさんだ。

「北川さまには、かかわりのないことでございます」

慇懃《いんぎん》にお由美は頭を下げた。

「いや、おおいにかかわりはある」

恵氏に返され、お由美はおやっとなった。

「おれが金次郎の亡骸を見つけたのだからな」

「それはそうでしたけど、そのことと若旦那に船頭を辞めてもらうことは、関係ないじゃありませんか」

「いや、そうでもなかろう」

「北川さま、なにがおっしゃりたいのですか」

「おまえが徳次郎を辞めさせたいのは、徳次郎が用済みになったからだ。つまり、置いておく価値がなくなった。おまえが徳次郎を預かったのは、上得意である呉服屋から金が入るからだろう。ところが、呉服屋の金をあてにしなくてもよくなった。なぜなら、吉原の太夫を身請けしにいこうとした金次郎から、金子《きんす》を奪うことができたのだからな」

一気に恵氏がまくしたてると、お由美の顔が引きつった。

「女将さん、ほんとかい」

両目をかっと見開き、徳次郎はお由美に詰め寄った。お由美は横を向いた。

「金次郎の旦那とやっさんを殺したのは……」

徳次郎が問いつめたところで、

「けえったぜ」

正吉が帰ってきた。

「下手人が戻ってきたぞ」

恵氏が正吉を見た。

源五郎も正吉を睨む。

ただならぬ様子に気づき、正吉は身構えた。

と、お由美は畳に置いてある柳行李《やなぎごおり》を取りあげ、

「おまいさん、逃げるよ」

言うや部屋を飛びだした。悪事が発覚したことを知った正吉も、あわてて追いかける。

恵氏と源五郎、それに徳次郎は、ふたりを追いかけた。

正吉とお由美は桟橋を走り、繋いであった猪牙舟に乗りこむ。

お由美は柳行李を置くと舫綱を外し、正吉は棹を操り、舟を出した。

恵氏と源五郎、そして徳次郎が追いついたときには、ふたりが乗った猪牙舟は桟橋を離れていた。

「徳、腕の見せどころだぞ」

恵氏は声をかけて、残りの猪牙舟に乗った。

「合点でえ」

綱を解いた徳次郎は、軽やかな足取りで猪牙舟に乗ると、棹を取った。

源五郎も乗りこもうとしたが、

「源公はここで待て。おまえが乗ったら、追いつかない」

恵氏に言われ、それもそうだと源五郎は桟橋に立ち尽くした。

「逃がすなよ」

「任せてくだせえ。やっさんの仇《かたき》だ」

徳次郎は大張りきりで、舟を漕ぎはじめる。

正吉とお由美の舟は柳橋をくぐると、船首を南に向けた。

江戸湾に抜ける気でいるようだ。

徳次郎は動ずることなく、落ち着いて櫓を漕いでいる。

むしろ、焦《あせ》っているのは練達の正吉であった。柳行李を抱きしめたお由美に叱咤され、正吉は大汗を流しながら櫓を動かしている。

後生《ごしょう》大事に抱きかかえている柳行李の中には、金次郎から奪った金が入っているのだろう。両目をつりあげ、金切り声を張りあげて亭主を叱咤する様は、まるで金の亡者《もうじゃ》である。

すると、前方から猛然とした勢いで、猪牙舟が進んできた。猪のように尖った舳が、白波を切り裂いている。

「おまいさん！」

お由美が叫《さけ》ぶと、あわてて正吉は避けようとしたが、船縁を猪牙舟がかすめていった。転覆はしなかったものの、舟は大きく揺れた。

お由美は柳行李を抱えたまま腰を浮かした。

吉原通いと思われる猪牙舟は恵氏たちにも迫ってきたが、徳次郎はあわてず騒がず、余裕で避けた。

恵氏は立ちあがると、舟底に置いてある棹を取った。徳次郎の手馴れた操船《そうせん》は揺れが少なく、身体がぶれない。

棹を両手で持つと、お由美に向かって投げつけた。棹は矢のように一直線に飛び、お由美が抱える柳行李にあたった。柳行李が、川に落ちた。

思わずお由美は身を乗りだした。

次いで、お由美も川に転落する。

「きゃあ、おまいさん、あたしゃ、泳げないんだよ」

お由美の悲鳴が轟《とどろ》いた。

徳次郎はお由美のかたわらに舟を着け、お由美に手を差しだした。

「観念しろ」

ようやく追いついた恵氏が、正吉の舟に飛び移った。

正吉は、へなへなと座りこんだ。

恵氏の推量どおり、金次郎と安太郎を殺したのは正吉であった。

屋形船を転覆させ、丸山は大きな借金を負った。

このままでは夜逃げだと思っていたところへ、金次郎の身請け話を知った。お由美が、偽《にせ》の文で金次郎をおびき寄せた。そこで、正吉が金次郎を乗せる予定だったのだが、急な客で、金次郎がやってくる前に屋根船を漕がねばならなくなった。

しかたなく、客を送ってから、正吉は砂州で金次郎を待ち受けた。

安太郎が金次郎を乗せて漕いでくると、自分の船が壊れたと言って砂州に呼び寄せ、ふたりを殺した。

安太郎に金次郎殺しをなすりつけるため、猪牙舟と一緒に、安太郎の亡骸を沈めた。

ところが、安太郎の亡骸は大川に流され、百本杭に引っかかったのだった。

「徳次郎はどうするんですかね。呉服屋に戻るんですか」

喜連川屋敷の御殿の居間で、源五郎は恵氏に尋ねた。

「それがな、家には帰らず、別の船宿に船頭として雇ってもらうそうだ。腕を磨《みが》いて、いつの日にか、船宿を営《いとな》みたいと申しておったぞ」

恵氏は縁側に出た。

庭の紅梅《こうばい》が花開いていた。
春の深まりを感ずるように、恵氏は大きく伸びをして息を吸いこんだ。

第二話　競りにかけられた宝刀

一

「源公、なにか面白いことはないか」

いつもの喜連川恵氏の問いかけだ。

如月《きさらぎ》三日の朝、喜連川屋敷御殿の居間でのことである。

仕《つか》えた当初はあわてふためいたのだが、さすがに大月源五郎も慣れっこととなり、

「そうですな、浅草奥山《あさくさおくやま》の見世物《みせもの》小屋の熊女《くまおんな》に、独楽《こま》まわし、向島の百姓家に出没するという幽霊……などなどがございますが」

恵氏が興味を抱きそうな話題を用意しておいた。

しかし、

「どれもつまらんな」

恵氏は気に入らないようだ。

「ならば……」

「よい。そうそう、面白いことなどあるまい。ま、退屈《たいくつ》を楽しむこととするか」

恵氏は縁側に出た。

ずいぶんと物わかりがよくなったものだと源五郎が思ったところで、恵氏は縁側で胡坐《あぐら》をかき、ぼんやりと庭を眺《なが》めはじめた。そんな恵氏を見ていると、ほっと安堵《あんど》もしたが、物足りなさも感じた。

そこへ美代がやってきた。

「おお、美代、肩を揉《も》んでくれ」

恵氏が頼むと、美代は素直に応じて縁側にあがる。

「退屈だと肩が凝《こ》っていかんな」

右手で自分の肩を叩《たた》く恵氏に、美代が、

「平穏《へいおん》なのは、よきことですよ。なににも代えられません」

そう声をかけてから、肩を揉みだした。

「そうさな……」

心地良さそうに、恵氏は目をつむった。

「大変でございます」

ところが平穏を味わうこともなく、留守居役《るすいやく》の大橋玄蕃《おおはしげんば》がやってきた。

汗だくで息を荒らげている。

いつもは茫洋《ぼうよう》としていて、危機感のかけらもない大橋がそこまで騒ぐのは、いったい何事だろうか。

「なんだ、騒々しい」

顔を歪《ゆが》めた恵氏に向かって、大橋はぺこりと頭を下げてから、

「三日月宗近《みかづきむねちか》が質流《しちなが》れになってしまいました」

想像すらつかぬ意外な出来事を口にした。

「そうか」

さすがと言うべきか、大橋とは対照的に、恵氏は取り乱したりはしない。

三日月宗近とは、足利将軍家累代の宝刀《ほうとう》である。古河公方の流れを汲《く》む喜連川家にとっては、まさしく家宝だった。

そんな家宝を質入れするほど、喜連川家の台所は苦しいのだろうか。同時に、どうして質流れする前に受けださなかったのか、と訝《いぶか》しんだ。

それにしても恵氏ときたら、家宝が質流れしたというのに、あわてても怒りもせ

ずに平然とし、美代もまた恵氏の肩を揉み続けている。

「どうせ、模造刀《もぞうとう》ではないか。そんなにあわてることもあるまい」

恵氏の悠然《ゆうぜん》としている理由がわかった。

次いで美代が、質入れの際には模造刀を質に入れるのだと教えてくれた。

もっとも、模造刀といっても精巧《せいこう》に作られていて、それなりの値打ちがあり、質屋からは十両を借り受けていた。

質草は三月で流れる。大橋によれば、三日前の正月晦日《みそか》が期限であったということだから、神無月《かんなづき》の晦日に質入れしたことになる。

「それが大御所さま……間違えて、本物を質入れしてしまったんです」

大橋は泣きそうな声で報告した。

ここに到って、

「なんだと」

さすがの恵氏も色めきたった。美代も口を半開きにした。

「申しわけございません。わしが間違ってしまったのです」

汗で濡《ぬ》れそぼった顔を歪めて、大橋は何度も頭を下げた。

「申しわけないで済むか」

恵氏は縁側に立ち、大橋を見下ろした。

大きく息を吐いた大橋は、

「このうえは、一服いたします！」

声を張りあげたのだが、

「馬鹿、煙草《たばこ》など吸っておる場合か」

恵氏に罵声《ばせい》を浴びせられ、

「あ、いや、一服ではなく、切腹いたしまして責任を……」

大橋はしまらない言い間違いを詫《わ》びた。恵氏は失笑を漏《も》らし、

「おまえが腹を切ったところで、三日月宗近は戻ってこぬ」

落ち着きを取り戻したようだ。

「では、なんとしましても探しだします」

「おまえでは無理だ」

大橋を右手を振って制してから、恵氏は美代と源五郎を見た。

「承知しました。わたしが探しだします」

源五郎は答えた。

美代も首を縦に振る。

「かたじけない」

大橋に頭を下げられ、

「礼は見つかってからにしてください」

励ますように、源五郎は返した。


源五郎と美代は、上野池之端《いけのはた》にある質屋へとやってきた。

横丁のどん突きにかまえられた店は間口五間、屋根瓦が陽光を弾いている。

軒下《のきした》に掛け看板《かんばん》がつるされており、大、中、小の円筒《えんとう》が重ねられた上部から、暖簾《のれん》のような紐《ひも》がたくさんぶら下がっていた。質屋特有の看板で、円筒は月を、紐は質流れを意味している。すなわち、三月で流れるということだ。

腰高障子《こしだかしょうじ》には宝屋《たからや》の屋号と宝船が描いてあり、半開きにされていた。

宝屋の主人は、七兵衛《しちべえ》という初老の男であった。大橋の名を出し、三日月宗近の質流れの件を問うた。

「あれは、よくできた模造刀でございますな」

七兵衛は本物だとは思っていないようだ。

美代が、

「あれを買っていかれた方を知りたいのですが」

「はて、どうなさるのですか」

七兵衛は戸惑いを示した。

「買い戻したいのです」

「模造刀ですけど」

「模造刀と言いましても、相当に出来がよい代物ですから、大御所さまにおかれましては、稽古用《けいこよう》に手元に置いておきたいと仰《おお》せなのです」

さすがは美代、うまいこと言うものだと、源五郎は感心した。

果たして七兵衛も疑る素振《そぶ》りも見せず、

「そうですか、それはそれは……しかし、買っていかれたのは、その、なんでございますな」

思案するように、斜め上を見あげた。

「お侍ですか」

「いえ、それが刀屋さんでした。神田三河町《かんだみかわちょう》の福寿屋勘蔵《ふくじゅやかんぞう》さんです」

「ちなみに、おいくらで買っていかれたのですか」

「二十両です」

ばつが悪そうに七兵衛が答えたのは、質入れしたときに大橋に払った十両の倍で売ってしまったという、後ろめたさがあるからだろう。

美代は肩をすくめ、

「わかりました。福寿屋さんですね」

と、念押しをした。

「すみません、大御所さまに、くれぐれもお詫びしてください」

ぺこぺこと七兵衛は謝った。

「謝ることではありませんよ」

そう言い残し、美代と源五郎は質屋を出た。

「売り先がわかってよかったですね」

「刀屋から買い戻さなければなりませんね。ひょっとして、福寿屋勘蔵さんが模造刀ではなく本物だって見抜いたとしたら、厄介なことになりますよ」

美代の危惧《きぐ》はもっともだ。

「そのときは、なんとか頼みこんでみます」

源五郎は強く言いきった。

二

福寿屋では、刀だけではなく包丁も売っているようだった。女房連中ばかりか、板前風の男たちも切れそうな包丁を物色している。源五郎が、主人の勘蔵を呼んだ。

すぐに出てきた勘蔵は、案外と若い男だった。商人らしくやわらかな笑みをたたえながらも、源五郎を見る目つきは品定めをするかのようだ。

「池之端の質屋から、三日月宗近を買ったであろう」

単刀直入に源五郎が問いかけると、

「お耳が早いですな。たしかに買い求めました。それはもう、名刀の名に恥じぬ見事な太刀《たち》でございます」

勘蔵は誇《ほこ》らしげだ。

「それを買い求めたいのだ」

「それは、ありがとうございます。ですが、買い手となりますと、幾人かのお武家さまが名乗りをあげておられるのですよ」

「ぜひとも、わたしが買いたいのだ」

「失礼ですが、大月さまは、どちらの御家中でいらっしゃいますか」

「奥州《おうしゅう》白河城主・松平越中守さまの家来だ」

素性《すじょう》は偽《いつわ》らないほうがよかろうと思い、源五郎は正直に告げた。

「ほう、御老中さまが三日月宗近をお買い求めですか」

勘蔵はにんまりとした。

「そうではない。正直に申そう。実はわたしは役目により、喜連川の大御所さまの身辺を警護しておる。その関係から、大御所さまの使いとして家宝である三日月宗近を買い戻しにまいったのだ。それゆえ、是が非でも買い取りたい」

強い口調で、源五郎が申し出る。

「ほう、そうですか」

警戒したのか、勘蔵はそこで口をつぐんだ。

「経緯《いきさつ》からして、喜連川家が優先して売ってもらうのが筋と思うが」

源五郎は言葉を重ねた。

「お気持ちはわかりますが……」

思案するように、勘蔵は顎《あご》をかいた。

ここで美代が口をはさんだ。

「あれは模造刀なのです。ですから、そんなに価値はないと存じます」

「模造刀……」

勘蔵は首をひねった。

「いかにも模造刀です」

源五郎も強調した。

「はて、そうですかな。わたしはこれでも、刀剣《とうけん》の目利きについてはいささかの自信がございます。さまざまなお武家屋敷に出入りもさせていただきまして、刀の目利きを頼まれておるのです」

その自分が見て、あれは正真正銘《しょうしんしょうめい》、本物の三日月宗近だと言いたいようだ。実際、本物なのだから、源五郎も美代も強くは反論できない。

「ちなみに、いくらの値がついておるのですか」

美代が尋ねると、

「それは、これからになりますな」

意味深な答えを、勘蔵は返した。

「と、おっしゃいますと」

できるだけ勘蔵の機嫌を損《そこ》ねることなく、美代は辞を低くした。

「希望されておられるお武家さまが、三家ございます。いずれも、手前には大事なお得意さままでです。なので、ここは公平を期す意味で、競《せ》りにかけようと思うのです」

「競りだと……そんな……初鰹《はつがつお》ではないのだぞ」

源五郎は絶句した。

「いかにも競りです。ですから、もし、喜連川の大御所さまがお買い戻しというこどであれば、その競りに参加なさってはいかがでしょう。もちろん、大御所さまご自身ではなく代理の方……そう、大月さまでもかまいませぬが」

勘蔵の提案に、源五郎は黙りこんだ。

「ちなみに、三家とはいずれでございますか」

美代の問いかけに、

「それは申せません」

勘蔵は首を横に振った。

「よいではないか」

むきになって、源五郎は問いつめた。

しかし、勘蔵は平然と拒絶するばかりだった。

「できません。競りの前に、喜連川の大御所さまが三家に対して、安価にせり落とすよう根まわしをされてはかないませんからな」

「三日月宗近は、単なる名刀ではない。足利義政《よしまさ》公以来の宝刀なのだ。決して、他家に渡ってはならないものだ。その辺のところを考慮《こうりょ》してくれ」

源五郎は両手を合わせて頼みこんだ。

「そんなに大切な宝刀を質入れなさるとは、おかしなものでございますな。ましてや、模造刀なのでしょう」

意地悪そうな笑みを、勘蔵は浮かべた。

「それは……」

源五郎が言いよどんでいると、ここが潮《しお》とばかり、美代が正直に打ち明けた。

「迂闊《うかつ》なことに、家来が模造刀と間違えたのです。喜連川家は、決して台所が豊かではありません。どうか、その辺の事情を汲み取ってください」

源五郎も深々と頭を下げる。

「どうぞ、頭をあげてください。そのようなことをされても、手前どもは応じることはできません」

きっぱりと勘蔵は断った。

とりつく島もない、冷ややかなものである。

「競りは三日後、六日の昼九つ。場所は、日本橋の料理屋・木曾屋の二階座敷にておこないます。お買い戻しになられるのでしたら、かならずいらしてください」

勘蔵は乾いた声音《こわね》で告げた。

源五郎も美代も押し黙った。それから、

「では、せめて、三日月宗近を見せてくださりませんか」

美代の頼みを、

「わかりました。しばらくお待ちください」

勘蔵は奥に引っこんでいった。

源五郎と美代は言葉を交わすことなく、勘蔵が戻ってくるのを待った。

ほどなくして、勘蔵が戻ってきた。

細長い桐《きり》の箱を持っている。おもむろに蓋《ふた》を開けると、紫《むらさき》の袋に包まれた太刀が現れた。

袋の紐を解き、勘蔵は太刀を取りだした。

足利家の家紋である五七桐紋《ごしちきりもん》が金蒔絵《きんまきえ》に描かれ、三日月、雲、桐を配した金具が施《ほどこ》された豪華《ごうか》な拵《こしら》えの鞘《さや》だ。

拵えは、まごうかたなき三日月宗近である。

勘蔵が三日月宗近を抜くと、匂《にお》いたつような波紋が輝きを放った。思わずため息が漏れるような刀身《とうしん》は、本物の威厳を漂わせていた。

「すばらしいですな」

惚《ほ》れ惚《ぼ》れするような目で、勘蔵は言った。

源五郎が見入っていると、無情にも勘蔵は三日月宗近を鞘に戻し、袋に入れて桐の箱に仕舞った。まさしく、宝物を扱うような慎重さであった。

「では、三日後にお会いしたいと存じます」

勘蔵は慇懃《いんぎん》に頭を下げた。

「ちなみに、どれくらいの値がつくと予想されますか」

美代が問いかけると、

「さて、予想もできませんが、競りは百両からはじめたいと存じます」

さらりと勘蔵は答えた。

「百両……」

源五郎が目をむいた。太い眉《まゆ》が寄り、達磨《だるま》のような顔が際立つ。

「当然のことと存じます。それ以下では三日月宗近、そして足利将軍家に対して失礼にあたるでしょう」

もっともらしい勘蔵の言葉に、

「よくわかった」

しぶしぶ、源五郎はうなずいた。


ふたりは表に出た。

「大御所さま、お怒りになるでしょうな」

源五郎が言うと、

「でも、報告しないわけにはいきませんわ」

美代の言うとおりである。

喜連川屋敷に戻る間、源五郎は気が重かった。

喜連川屋敷に戻ったあと、美代の口から事の顚末《てんまつ》が報告された。

一部始終を聞き終えてから、

「やはり、わしは切腹します」

悲痛な顔で大橋が言った。

「だから……おまえが切腹したところで、競りの代金が工面できるものではなかろう」

恵氏が返した。

「それはそうですけど」

大橋は米搗《こめつ》き飛蝗《ばった》のように、ぺこぺこと頭を下げる。

「不服ではございますが、競りに行かねばなりません」

源五郎の言葉に、恵氏は渋面《じゅうめん》を作った。

「参加したところで、金がないことには三日月宗近を取り戻すことはできんぞ。初め値が百両ということは、落札の値は千両を越えるかもしれん。そんな金、どこにある」

「では、諦《あきら》めるのですか」

源五郎はむきになった。

「諦めなどできんがな。そうだな……競りの場に行き、奪い取るか」

恵氏の思いつきは物騒《ぶっそう》だったが、現実問題、そうでもしないことには三日月宗近は戻ってこない。

　ここで、源五郎がはたと思いついたように、

「では、わたしが殿に頼んでみます」

「越中殿にか」

「千両でおさまるかどうかわかりませんが、事情を話し、競りの代金を立て替えてもらえるよう、お願いしてみます」

　背に腹は代えられないのだろう。

「源公、すまぬな」

　恵氏は珍しく、源五郎に礼を言った。

「任せてください」

　引き受けたものの、定信が承知するかどうかわからない。だが、ここは定信を説得するしかない。

「大月殿、どうかよろしく頼みます」

　大橋にも頭を下げられた。

　喜連川屋敷からの去り際、

「源五郎殿、どうか無理をなさりませぬよう」

美代が気遣《きづか》ってくれた。

「無理ではありません」

源五郎が返すと、

「こんなことを申しては失礼ですが、源五郎殿は、喜連川家の家臣ではありません。ですから、喜連川家のために無理をなさることはないのです。松平越中守さまの不興を買うようなことがあってはなりません」

源五郎の身を気遣ってくれる美代に、源五郎は強く言いきった。

「そんなことはありません。わたしは、役目上、大御所さまにお仕えしておりますが、決して役目ばかりと割りきってはおりません」

「大御所さまは、お喜びになりますわ」

美代は微笑《ほほえ》んだ。

恵氏のためばかりではなく、美代のためにも頑張るのだと内心で訴えかける。

「では」

源五郎は踵《きびす》を返した。

なんとも言えない甘酸《あまず》っぱい気分が、胸に広がった。

三

白河藩上屋敷に出向き面談を求めると、松平定信は奥の書院で源五郎を引見した。

「いかがした」

切れ長の目を向けてくる。視線を合わせるのも躊躇《ためら》われる、強烈な威圧感があった。思わず目を伏せかけたが、たじろいではならじと、両目をかっと見開いた。

それに、定信に誤魔化《ごまか》しは利かない。

駆け引きや策を弄《ろう》するなど、もってのほかである。

「喜連川家の宝刀、三日月宗近が手違いから質流れになり、競りに出されることになってしまいました」

かいつまんで、源五郎は三日月宗近をめぐる騒動を説明した。源五郎が話し終えるのを待ち、

「それは困ったことよな。それで、そなた、その金をわしに出せと頼みにきたのか」

定信は、源五郎の考えを見抜いていた。

「お察しのとおりでございます」

源五郎は両手をついた。

「喜連川殿の頼みか」

「は、はい」

曖昧《あいまい》に言葉を濁《にご》してしまってから、源五郎はしまったと悔《く》いた。源五郎の意志で頼んでいると悟られたようだ。やはり、定信に誤魔化しは通用しないのだ。

案の定、

「そなたは、喜連川殿に肩入れが過ぎるのではないか」

定信は視線を凝らした。まさしく、射すくめるような眼差しである。耐えきれずに、源五郎は視線を逸《そ》らした。

「いえ、そのようなことは……」

「ないと申すか」

「ございません」

源五郎が声を励まして答えると、今度は定信が視線を逸らした。

「喜連川殿も、さぞやお困りであろうな」

「それは、もう……」

期待で声が弾みそうになるのを、ぐっと抑える。

「よし、喜連川殿に恩を売っておくか」

定信は引き受けてくれた。

顔から笑みがこぼれそうになるのをこらえるため、源五郎はあえて厳しい顔をした。太い眉が寄り、達磨のような顔が際立つ。

「ならば、そなたが松平越中守の家来として、競りに参加せよ」

「喜連川家としてではなくですか」

「あたりまえだ」

定信は断じた。

言われてみれば、そのとおりである。自分としては勝手に、定信が競りの金を喜連川家に貸すということを考えていた。

「それで、競り落とした場合は……」

「無事、競り落としたら、喜連川殿に差しあげればよい」

定信の言葉に、

「承知しました。一応、大御所さまの了解を得てまいります」

「そうせい」

命じてから、定信はふと思いだしたように、

「そうじゃ、喜連川家に差しあげる前に、わしに見せよ。足利将軍家累代の家宝、名刀の誉《ほま》れ高き三日月宗近、この目で見、手で触ってみたいものじゃ」

「御意にございます」

ともかく、これで競りに参加できることになった。


三日後、日本橋の料理屋・木曾屋の二階座敷に、源五郎は赴《おもむ》いた。

定信の提案を、恵氏はすぐに受け入れた。ただし、美代を同道せよ、ということになったのである。

二十畳の広い座敷には、ほかに三人が座っていた。ふたりは武士であるが、ひとりは商人風である。

窓が開け放たれ、春光が座敷いっぱいに差しこんでいる。庭には紅梅《こうばい》が咲き誇り、春風がほのかな花の香を運んでいた。

しばらくして、勘蔵が入ってきた。

「お待たせしました」

勘蔵は挨拶《あいさつ》をしてから、

「それでは、まずは、みなさまのご紹介をさせていただきましょうかね」

と、みなを見まわした。

まずは上座に座る武士に視線を向け、

「御公儀書院番頭《しょいんばんがしら》・藤村掃部助《ふじむらかもんのすけ》さまでございます」

書院番頭は、将軍警護の軍団のうち、大番と並んで両番と呼ばれ、もっとも格式が高く、直参旗本にとってもっとも名誉《めいよ》ある役職であった。

藤村は軽く会釈《えしやく》をした。

続いて、

「水戸中納言《みとちゅうなごん》さまのご家来、江戸藩邸の御用方《ごようかた》・大山善太郎《おおやまぜんたろう》さまでございます」

大山はその名のとおり、でっぷりと肥《こ》え太った男で、額に汗を滲《にじ》ませていた。

会釈するのも億劫《おっくう》そうである。

そして、商人を紹介しようとしたところで、

「手前、廻船《かいせん》問屋を営《いとな》みます、酒田屋五郎八《さかたやごろはち》でございます」

と、五郎八がみずから名乗った。

勘蔵が言い添える。

「酒田屋さんは手広く交易《こうえき》をおこなっておられ、多くのお大名家に出入りなさっておられます」

そして、源五郎に視線を向ける。源五郎も自己紹介をした。

「拙者《せっしゃ》、白河藩・松平越中守さま家来、大月源五郎と申します」

すると勘蔵が、

「さすがは御老中さまでございますな」

と、世辞を言った。

紹介が済むと、勘蔵は三日月宗近を取りだし、まずは藤村からまわした。

みなが三日月宗近を目利きする間、勘蔵は急須から湯飲みに茶を注《そそ》ぎ、各自の前に置いていった。

藤村は食い入るようにして、三日月宗近に見入った。右手で柄《つか》を持ち、垂直に立て波紋に視線をそそぐ。それから、そっと鞘に戻し、そっと大山に渡す。

大山も同じような仕草で、三日月宗近を鑑賞する。目は輝きを放ち、額にはますます汗が吹き出た。

そして震える手で鞘に納め、五郎八に渡した。

五郎八は両手で押しいただくようにして受け取ると、ひととおり鑑賞して、

「眼福《がんぷく》の極みでございました」

深々と頭を下げた。

五郎八から受け取った源五郎も、抜刀して見あげる。

恵氏が腰に帯び、悪党を退治してきたのを、何度も目にしてきた。やはり、三日月宗近は、恵氏の腰を飾るのがふさわしい。

感慨《かんがい》を振り払って、源五郎は勘蔵に刀を戻した。

「では、競りに入りましょう」

勘蔵が声をかけたところで、

「待ってくれ」

源五郎が勘蔵を止めた。

「いかがされましたか」

「酒田屋五郎八に尋ねたい」

そこで、源五郎は五郎八に向いた。

「なんでございましょう」

訝しむ五郎八に、

「そなた、三日月宗近を競り落としたなら、なんとするのだ」

「大月さまは、三日月宗近のような名刀を商人風情《ふぜい》が持ってはならぬ、とお考えでございますか」

穏やかな表情でありながら、五郎八の目だけは剣呑《けんのん》さをたたえている。

「まさか、三日月宗近を腰に差すわけにもいくまい」

「もちろん、差したり振るったりはしません。それでは、宝の持ち腐《ぐさ》れとお考えかもしれませんが、そうでもございません。はっきりと申しましょう。商《あきな》いでございます」

しれっと、五郎八は言い放った。

「売ると申すか」

「すぐには売りませんが、商いに活用したいと存じます。しかるべく、お得意さまの出入りが叶《かな》うよう、贈答品《ぞうとうひん》として使うかもしれません」

五郎八の言葉に、勘蔵が言葉を添えた。

「たしかに、競り落とした方がどのようになさろうが、それは勝手というものでしょう。みなさまは、いかがでしょうか」

やはり武士として思うところがあるのか、藤村がまっさきに反対した。

「それはならん。三日月宗近は宝物である以上に、名刀であることを忘れてはならぬ。刀は武士の魂《たましい》。武士の魂を商いの道具にされては、さすがに許せぬ」

その台詞《せりふ》に、源五郎も賛同を示す。

これを受けた勘蔵は、落ち着いた顔つきで、

「大山さまは、いかにお考えでございますか」

視線を向けられた大山は、汗を手巾《しゅきん》で拭《ぬぐ》いながら答える。

「そうですな……やはり、武士が持つのがふさわしいと存ずるが、競りの場にかけられるからには、公平を期せねばなりませんな」

「大山さま、よくぞ申してくださいました」

勘蔵は軽く頭を下げた。

「おい」

気色《けしき》ばむ藤村に、勘蔵がしれっと答えた。

「まだ、不服ですか」

「貴様、商人を参加させて値をつりあげるつもりだな。魂胆《こんたん》が読めたぞ」

藤村は声を大きくしたが、それでも勘蔵はいささかも動ずることなく、

「藤村さま、大月さま、どうしても不服とおっしゃるのなら、この場から出ていってください。大山さまはいかがでしょうか」

「いや、わしはかまわんぞ」

大山は言った。

「藤村さま、大月さま、さていかに」

勘蔵から問われて、藤村はそっぽを向いたものの、承諾したようだ。源五郎としても、なにより競り落とすことが肝心だった。

黙りこんだふたりを見て、

「では、競りに入ります」

勘蔵は告げた。

「百両からまいりましょうか」

即座に、

「百十両」

藤村が値をつけた。

「百十一両」

大山は細かく刻んだ。五郎八は黙っている。源五郎は、

「百二十両」

と、言った。

たちまち、

「百五十両」

藤村が値をつりあげた。

大山は唇を嚙《か》んでいる。

「百七十両」

源五郎が言うと、

「百九十両」

藤村は対抗した。

五郎八が、まだ黙っている。ここで大山が太った身体を震わせながら、

「二百両じゃ」

腹から絞りだした。

四

ここで五郎八が、

「三百両」

と、静かに告げた。

大山は黙りこみ、藤村はむきになったように、

「四百両」

源五郎が、

「四百五十両」

告げたところで五郎八は、

「千両」

一気に値をつりあげた。

大山はうつむき、競りから離脱した。

「千両の値がつきました。さすがに、名刀でございます」

どうだとばかりに、勘蔵が源五郎と藤村を見る。

定信から言われている金の目安は、千五百両。

五郎八の勢いであれば、それも軽々と超えそうだ。

勝手な判断で、千五百両を超えてしまっていいのだろうか。

「千百両」

値をつけたものの、藤村の言葉に力はなく、もはや撤退の姿勢である。それを

見透かしたのか、勘蔵は源五郎に視線を向けてきた。

よし、一か八かだ。

源五郎は身を乗りだし、

「千五百両だ」

思いきって値をつけた。

が、

「二千両」

これで決まりだと言わんばかりの、五郎八の自信に満ちた声音が響きわたった。

源五郎は口をつぐんだ。

「いかがですか」

勘蔵が、源五郎と藤村を見た。

藤村は横を向いた。

と――。

「……二千五百両」

言ってしまった。

定信から言われた目安である千五百両を、千両も上まわってしまった。

まずは競り落とすことだ。

必死に己《おのれ》に言い聞かせ、源五郎は五郎八のほうを、ちらりと見やった。

五郎八も緊張しているのか、茶をひと口飲んだ。気持ちを落ち着かせるかのようだ。

だが、まだ諦めていない様子だ。

おもむろに値をつけようと、口を開きかけたところで、

「ううっ」

突如として、苦しげな声を発した。

それから畳に突っ伏し、苦悶《くもん》の表情となった。

「どうした」

思わず源五郎は、五郎八を抱きかかえた。

五郎八は咽喉《のど》をかきむしり、苦悶の声をあげている。

「毒だ。医者だ、医者を呼べ」

源五郎が叫《さけ》ぶと、勘蔵は階段を降りていった。しかし、あわてたため階段を踏み外し、転がり落ちてしまった。

「しっかりしろ」

源五郎が五郎八の身体を揺さぶった。

すると、

「ええい、遅い」

苛立《いらだ》ったように藤村が立ちあがろうとしたが、足が痺《しび》れてひっくり返ってしまった。大山はおろおろとし、源五郎も苛立ちがつのる。

「助けてください」

階段の下から、勘蔵が大声を発した。

「我らも行かねば」

藤村が声を張りあげたところで、源五郎と大山が階段を降りた。

源五郎が女中に、医者を呼んでくるよう頼んだ。

そこへ、ひとりの男が近づいてきた。旗本の中間《ちゆうげん》のようだ。果たして、藤村のお供でやってきた中間だった。

源五郎が、五郎八が毒を飲んだことを告げると、

「御前さま」

階段の上に向かって、中間が呼びかける。

「わしは無事じゃ。おまえも医者を探してまいれ」

階段の上から、藤村が顔を出し命じた。

「わかりました」

中間は表に出た。

女中や奉公人、それに藤村の中間も加えて医者を探しにいったが、店の奉公人がまっさきに医者を連れて戻ってきた。

しかし、医者が到着したときには、すでに五郎八は血反吐《ちへど》を吐き、絶命していた。

「やはり毒か」

つぶやく藤村の横で、大山は唇を震わせ、大汗をかいている。源五郎が茶碗を取りあげた。医者が、石見銀山《いわみぎんざん》が入っていたことを指摘していた。

続いて源五郎は、自分の茶碗を確かめた。匂いを嗅《か》ぎ、異物が入っているかどうか確かめる。

その後、医者がすべての湯飲みを調べたが、石見銀山が盛られたのは五郎八の茶碗のみであることがわかった。

ほどなくして、北町奉行所の本浦八右衛門と岡っ引きの紋太がやってきた。

「大月さま……」

本浦は驚きの声とともに、周囲を見まわした。そして声をひそめ、

「大御所さまは」

と、周囲を見まわした。

「今日はおられん」

源五郎が答えると、本浦と紋太は、ほっと安堵の表情となった。

さっそく競りの経緯を、勘蔵が説明しはじめる。

「へえ、太刀ひと振りで二千両でございますか。そいつはすげえや」

紋太がしきりと感心をし、

「さすがは喜連川家ですな」

本浦も言い添えたが、その家宝が競りに出されたとあって、失言をしたとばかりにばつが悪そうな顔になった。

勘蔵から競りの様子を聞き終えると、本浦は腕を組んだ。

「すると、最初から五郎八は狙《ねら》われていたのですな」

「しかし、不思議だな」

そこで源五郎が首を傾《かし》げた。

「いかがされましたか」

本浦の問いかけに、

「下手人は、いつ毒を盛ったのであろう」

源五郎は疑問を呈した。

「茶はこの急須から、勘蔵が湯飲みに注いだのだな」

「はい」

答えた勘蔵に、本浦が厳しい表情となって、

「しかし、毒は五郎八の湯飲みにしか入っていなかった。ということは、勘蔵、おまえが下手人であろう」

「馬鹿なことをおっしゃらないでくださいよ。わたしはたしかに、湯飲みに茶を注ぎましたが、毒なんか入れていません。ここにいらっしゃるみなさんも、ご覧になっていらっしゃいました」

勘蔵が反論すると、

「そうなんですか、みなさん」

本浦は、源五郎、藤村、大山の順に視線を這《は》わせた。

「正直に申して、茶を淹《い》れている様子は、よく見ていなかったな」

源五郎の言葉に、藤村も大山もうなずいた。
勘蔵が顔を引きつらせる。
「だからって、わたしは毒など盛っておりませんよ」
「ならば、わざわざ、五郎八の湯飲みに毒を盛った者がおるのか。競りの最中に
そんなことをしたら、たいそう目立つだろう」
本浦の指摘は、もっともである。
しかし、源五郎にはなおも疑問が残っていた。
「だがな、競りにおいて、五郎八がもっとも高値をつけて競り落とすであろうこ
とは、予想できたのだ。いわば勘蔵にとって、五郎八を殺してしまえば、その儲《もう》
けがなくなるのだぞ。それなのに、毒など盛るものかな」
「そ、そのとおりでございますよ」
思わぬ助けを受け、勘蔵は言いつのった。
「なるほど、理屈ではありますが、金儲けのためではなく、恨みがあったのでは
ないですかね」
それでも、本浦は疑いを解かない。
「恨みなんかありませんよ。そもそも、五郎八さんと親しく付き合っていたわけ

ではありませんからね」

勘蔵はかぶりを振った。

「そんなこと、わかったもんじゃねえだろう」

紋太が意地悪く言った。

「ですがね、仮にあたしが五郎八さんを恨んでいたとしてもですよ、この競りの場で殺したりするもんですか。そんなことをして、なんになるのですよ」

むきになって、勘蔵は反論する。

「現に五郎八は死んだのだ。競りの場は殺しに、またとない機会であったのかもしれねえ」

本浦の言葉とともに、

「おい、神妙にしやがれ」

紋太は十手《じって》をかざした。

「勘弁してください。あたしは、やっていませんよ」

「くわしい話は、番屋で聞くこととしよう」

立ちあがった本浦に、勘蔵は必死の形相《ぎょうそう》で頼みこんだ。

「ちょっと、待ってください。せめて三日月宗近を、店に持って帰らせてください」

「まあ、いいだろう」

たしかに千両を超える宝刀だ。本浦もそれは認めた。

勘蔵が桐の箱を持ちあげると、

「あれ」

素《す》っ頓狂《とんきょう》な声をあげ、次いで蓋を開ける。

「ない！」

勘蔵は叫んだ。

「なんだって」

源五郎も大あわてで箱を覗《のぞ》きこむ。中は空っぽであった。

「そんな……」

口をあんぐりとさせた勘蔵の横で、本浦と紋太は顔を見合わせた。

五

明くる日、源五郎は喜連川屋敷で、事の顚末を恵氏に報告した。

「それで、三日月宗近の行方はどうなったのだ」

不機嫌に、恵氏は問いただす。

「それが、わからないのです」

困ったように、源五郎は首をすくめた。

「五郎八が殺されたときのどさくさにまぎれて、藤村か大山が持ち去ったのだろうな」

「まさしく」

源五郎が応じたところで、

「よし、まず水戸家に行くぞ」

恵氏は立ちあがった。


水戸徳川家の上屋敷は小石川《こいしかわ》御門外にあり、四半刻《しはんとき》ほどで着いた。

十万坪を超える、広大な敷地である。中に入ったら迷ってしまいそうだ。

表門の番士に、源五郎は松平定信の家来だと素性を明かしてから、御用方・大山善太郎への取り次ぎを頼んだ。

白地に三日月と雲を描いた派手な小袖《こそで》を着流した恵氏を、番士は訝しみながらも、それとは対照的に地味な黒地木綿《もめん》の小袖に袴《はかま》、黒紋付《くろもんつき》を重ねた生真面目そうな源五郎を信用してか、御殿の使者の間に通してくれた。

すぐに大山がやってきた。

今日も汗ばんだ顔で、大山は源五郎に会釈してから、隣に座す派手な恵氏に怪訝《けげん》な目を向けてきた。

源五郎が、

「ご内聞《ないぶん》に願いたいのですが、こちらは喜連川の大御所さまです」

大山は大きく目を見開いてから、

「これは、これは……では、わが殿に連絡を」

と、大仰《おおぎよう》に平伏をした。

すると恵氏は、

「いや、中納言殿には、なにも伝えなくてよい。事を荒立てたくはないからな」

「そうですか」

上目遣いに、大山は聞いてきた。おどおどとした様子は、殺しや盗みとはおよそ無縁のように見える。

「昨日の一件、大御所さまに報告を申しあげたのです」

松平定信から、恵氏の警護にあたっていることを話した。

「そして、大山殿もご存じと思いますが、三日月宗近はもともと、喜連川家の家宝。ゆえあって、勘蔵の手に渡ったのですが、なんとしても取り戻したいというのが、大御所さまのお望みです」

源五郎が言うと、

「さもありなんでございますな」

大山は同情するようにうなずいた。

「それで、昨日のことを思いだしていただきたいのです」

「あいにくと、わしは極度に緊張しておりましてな。おまけに、思いもかけない出来事が続いたとあって、頭の中がすっかり混乱してしまったのです」

いかにも、頼りないことこのうえない大山である。

「まず、五郎八の湯飲みになにか入れた者を見かけましたか。よおく思いだしてくだされ」

源五郎に言われて、大山は腕を組んだ。それから天井を見あげたり、うつむいたりを繰り返したが、

「さて、そんな者はおりませんでしたな」

と、結論づけた。

「そうですか。わたしも見かけなかったのです」

源五郎が言うと、恵氏が苛立たしげに、

「そなた、三日月宗近をどうした」

と、舌鋒鋭《ぜっぽうするど》くいきなり問いただした。

大山はびくつきながら、

「わしは盗んでなどおりません。大御所さま、どうか信じてください」

必死の形相で訴えかけてきた。

「しかと相違ないか」

高圧的に、恵氏はなおも問いかける。

「相違ございません」

きっぱりと、大山は言いきった。

源五郎は思いだしながら、

「あのとき、大山殿はわたしと一緒に、階段を降りましたな」

「はい、そうでした」

「そのとき、藤村殿は二階におりましたかな」

源五郎が問いかけると、

「さて、どうでしたかな」

言葉どおり、大山の記憶はあやふやのようだ。

「藤村が二階に残っていたとしたら、三日月宗近を奪ったのは、藤村ということだな」

恵氏は断じた。

「お言葉ですが、藤村殿は手元に、三日月宗近を持っていらっしゃいませんでしたが」

呆《ほう》けた顔で大山が返すと、

「そんなもの、二階から落とせばよいではないか。従者を連れてきたであろう」

にべもなく恵氏は決めつけた。

「そうですな」

大山はあっさりと認めた。

ひとまず恵氏の決めつけは置いておき、源五郎が話を進めた。

「たとえ、三日月宗近を奪ったのは藤村殿としても、五郎八は殺せません。なにしろ、藤村殿と五郎八は、もっとも離れて座っておりましたからな」

「そうですな」

これには、大山も賛同した。

「面白くないな」

相変わらず、恵氏は不機嫌そうだ。

「別に、面白くなくともよいのではございませんか」

「それはそうだが、乗りかかった船だ。ひとつ、五郎八殺しの真相も探ってやりたいのだ」

機嫌は悪いものの、心中では、すっかりと好奇心を疼《うず》かせていたようだ。

「では、こういうことは考えられませんか」

意気揚々と源五郎が考えを述べようとしたところで、

「考えられんな」

聞いてもいないのに、恵氏は源五郎の考えを否定した。

さすがに源五郎もむっとしたが、

「まあよい。話すだけ話してみよ」

憎まれ口を叩く恵氏に、

「三日月宗近を盗んだのは藤村殿で、五郎八を殺したのは勘蔵であったのでは」

源五郎が推量を話す。

「では勘蔵はいかにして、五郎八の湯飲みに毒を盛ったのだ」

「最初の茶を淹れたときではないでしょうか。なにしろ競りの前とあって、湯飲みに茶を注ぐところなど、誰も注意を向けておりませんでしたから」

その源五郎の言葉に、大山がはっとしたような表情を見せた。

「いや、それはどうでしょう。注意こそ向けてはおりませんでしたが、なんとなく手持ち無沙汰《ぶさた》となりましてな。わしは勘蔵が茶を淹れておるのを眺めておったのです。しかし、とくに怪しい素振りを示すことはありませんでした」

ぼうっとした顔つきではあるが、口調はしっかりとしたものであった。

「それみろ」

恵氏になじられ、

「そうでござるか」

源五郎は悔しげに唇を噛んだ。それから、

「では五郎八は、自分で毒を盛ったのではございませんか」

「自害したと申すか」

呆《あき》れたように、恵氏は返す。

「そうせねばならぬ事情があったとか」

「それなら、大川に身を投げるなり、自宅で首を吊《つ》ればよいではないか。それこそ、家で毒を飲めばよい。なぜ、わざわざ競りの場で自害などするのだ」

「それは……最期《さいご》の晴れ舞台だと思ったのではないでしょうか」

「競りが、晴れ舞台なのか」

　恵氏は鼻で笑った。

「そうです。五郎八はそこで法外な値をつけ、商人としての見得《みえ》を張り、冥土《めいど》への土産《みやげ》としたのではないでしょうか」

　源五郎の考えに、恵氏はしばらく黙りこんでいたが、

「おまえな、思いつきを口にすればいいってものでもないぞ」

　呆れたように、首を左右に振った。

　源五郎自身、いくらなんでも無理があると思っていただけに、急に恥ずかしくなってきた。

「さて、源公の妄想《もうそう》は置いておくとして、しっかりと考ねばならん」

　仕切り直しだ、と恵氏が言い添える。

「では、藤村殿に話を聞きましょうか」

「それは当然だが、五郎八のことを、もっと知りたいところだな」

恵氏が言うと、大山が疑問を呈した。

「あの、大御所さまにおかれましては、三日月宗近が戻ればよろしいのではございませんか。なぜ事件の探索など……」

にんまりとした恵氏に代わって、源五郎が答える。

「大御所さまは、この世の悪を見逃《みのが》さぬ強い信念をお持ちなのでござる」

「ほう、それはそれは」

大山はすっかりと感心したようだ。

「なに、そのような大仰なものではない。ただの退屈しのぎだ」

恵氏は笑った。

「退屈しのぎでございますか」

生真面目な大山は、目を丸くした。

六

続いて、番町《ばんちょう》にある藤村掃部助の屋敷へとやってきた。

表門を入ると、競りの料理屋にいた中間が案内してくれた。

藤村は庭で、木刀を振っていた。

源五郎を見るや、木刀を樫《かし》の木に立てかけ、こちらを向いた。そして、源五郎から恵氏を紹介されると、片膝《かたひざ》をつき一礼をした。

「忍びでまいった。堅苦しい挨拶は抜きでいこう」

恵氏は言い、源五郎が来訪目的を語った。

「三日月宗近を返してもらおうか」

恵氏らしく、単刀直入に言い放った。

藤村は口をつぐんでから、

「大御所さま、ご冗談はよしてください」

と、かぶりを振った。

「冗談なのではない。あのとき、三日月宗近を盗む機会を持っていたのは、藤村、そなただけではないか。そなたのみが、座敷に残っておったのだからな」

恵氏はかまわずに詰め寄る。

源五郎も誠意をこめて懇願《こんがん》した。

「藤村殿、正直に答えてくだされ。三日月宗近は、喜連川家の家宝でござる。どうか、お返しいただきたい」

「拙者が盗んだという証《あかし》でもあるのか」

開き直った物言いをする藤村に、

「これは信義の問題ですぞ、藤村殿」

源五郎は迫る。

その間も、恵氏は冷ややかな眼差しを向け続けた。

藤村がすっかり黙りこんでしまったため、

「ならば、五郎八殺しについて聞きたいのですが」

源五郎が話題を変える。

「まさか五郎八殺しも、拙者の仕業だと疑っておられるのか」

心外だとばかりに、藤村は顔をしかめた。

「決めてかかっているわけではござらぬ。まずは、事件が起きたときの話を聞かせてくだされ」

「拙者には見当もつかぬ」

即座に、藤村は答えた。

「よく思いだしてくだされ」

「思いだすもなにも、現に、五郎八に毒を盛った覚えなどありませんな。大月殿もそうでしょう」

逆に、藤村から問い返された。

「まあ……」

言葉に詰まってしまった源五郎に対し、

「拙者にばかり、濡《ぬ》れ衣《ぎぬ》を着せようとしないでいただきたい」

藤村は機嫌を損ねてしまい、それからは口を閉ざしてしまった。


恵氏と源五郎は、藤村の屋敷を出た。

「けんもほろろ、といったところでございました」

「まったくだ。実に怪しい男だな」

恵氏は渋面を作った。

「屋敷の中を探しますか。いや、そんなことはできませんな」

「藤村は、はなから競り落とすつもりなどなかったのだろう。千両を超える金を、用意できたとは思えぬ」

「書院番頭、五千石の大身《たいしん》旗本ですが」

「しかし、藤村は刀剣好きで、しかも相当な道楽なのだろう。だから、刀剣には湯水のように金をそそぐ。しかるに、ひと振り千両を超える金を用意はできまい。庭を見ればわかる。あれは、手入れなどされていない庭であったぞ」

恵氏に指摘され、源五郎も思いいたるところがあった。

「中間や門番も、ひとりずつしかおりませんでしたな。とても書院番頭とは思えません」

「三日月宗近が競りに出されると聞き、居ても立ってもいられなくなった。そこで、金もないのに勘蔵に頼みこんで参加した。勘蔵もお得意先ゆえ、断ることはできなかった。おおかた、そんなところだろう」

「わたしが考えますに、藤村自身、競りの場で三日月宗近を盗めるとは思っていなかったのではございませんか」

「だからこそ、五郎八を殺すつもりだったのだ。いや、五郎八でなくともよかったのかもしれぬ。混乱を起こさせればよかった」

「だとしても、いかにして毒を盛ったのかがわかりません」

源五郎に言われると、

「それだな、問題は」

恵氏は考えこんだ。

喜連川屋敷に戻ると、正門の前で本浦が待っていた。律儀にも本浦は、今回も報告に来たようだ。

「まあ、中に入れ」

恵氏に言われ、本浦は遠慮しつつも、立ち話もできないということで屋敷の中に入った。

縁側であぐらをかく恵氏の前で、本浦は片膝をついた。源五郎は、恵氏の背後で座す。

「勘蔵が白状したのか」

恵氏が問いかけると、

「いいえ。絶対に自分は毒など盛っていない、と言い張っております」

本浦の声音は自信なさげだ。

「そうであろうな。奴には理由がない。ところで、五郎八はどんな男であったのだ」

「とにかく、山っ気が強く、大きな得意先の開拓に熱心だったようです。と言いますのは、最近、大きな武家屋敷から出入り止めを食らったそうでして。なんでも、年貢米《ねんぐまい》を積みこんだ船を転覆《てんぷく》させてしまったと……。それで、挽回《ばんかい》に必死だったというわけでして、三日月宗近を、そのために利用しようとしていたのだと思われます」

「それで、金には糸目をつけずに、値をつりあげていったのだな」

源五郎が言うと、

「そういうことでしょう」

本浦は認めた。

「なるほどな」

恵氏は、にんまりとした。

「とにかく、お手あげでございます」

本浦の目的は報告だけではなく、恵氏の知恵を借りたいようだ。

「なにかお考えが」

源五郎が聞くと、

「ま、ないこともないがな」

例によって、恵氏は曖昧に誤魔化した。それから、

「本浦、おまえは五郎八と藤村の繋《つな》がりを探れ」

　恵氏はそう命じた。

「藤村さまと五郎八が、繋がっておるとお考えなのですか」

「そうだ」

　きっぱりと恵氏は言う。これには源五郎も驚き、

「まさか、本当でございますか」

「おまえら……なんて石頭なのだ。もっと柔軟《じゅうなん》に考えねば、物事の道理はわからんぞ」

「はて、どうしたことでございますか」

　戸惑う本浦だったが、源五郎も心のうちは同じである。

「すると、藤村殿と五郎八は、仲間割れを起こしたのでしょうか」

「そういうことになるな」

　恵氏はあっさりと言った。

　いまだ納得はしていないようであったが、ともかく本浦は、奉行所に戻ると言って立ちあがった。

　と、そこで、

「あ、そうそう……そういえば、勘蔵の評判も悪かったですな」

「どんな悪評だ」

恵氏は興味を示した。

「いっぱしの目利きを気取っておりますが、贋物《にせもの》を売りつけることも珍しくはないとのことです。目利きできずに贋物を売ったのか、贋物とわかっていて売りつけたのか……おそらく両方だと思われますが、これまでに贋物をつかまされた武家は珍しくないとか」

そこでいったん言葉を切り、重大な秘密を明かすように、

「しかも何度も騙《だま》されたのが、件《くだん》の藤村さまです。無類《むるい》の刀剣好きが災《わざわ》いしたのでしょうが、ご自身も刀の目利きには自信をお持ちのご様子。勘蔵に贋物を買わされても、騙されたとは言えずにおられるとか。しかし、人の口に戸は立てられぬもの……いつしかご同僚方の評判となり、藤村さまは病気を理由に、書院番を辞されたそうです。奥さまはご子息を連れて、ご実家に戻られたとか。いやはや、刀剣道楽もたいがいにしませんと、家を滅ぼしますな」

本浦にしては珍しく、長広舌《ちょうこうぜつ》となった。

なるほど、藤村の屋敷、あの荒れた様子が納得できた。藤村にとっては、三日

月宗近は刀剣道楽の極みであったのかもしれない。

「よいことを知らせてくれたな」

恵氏に誉《ほ》められ、本浦は気をよくして帰っていった。

入れ替わるようにして、大橋が姿を見せた。

「あの大御所さま、三日月宗近は見つかりませんか」

大橋のしょげ返った様子は、見るも哀《あわ》れであった。

「じきに見つかりますよ」

源五郎は励ますように言った。

一方の恵氏は、

「おまえが間違えたおかげで、面白い一件に首を突っこむことができた。むしろ嬉《うれ》しいぞ」

恵氏なりの気遣いを見せ、それから源五郎に、

「源公、越中殿には、金のことで迷惑をかけずに済みそうだと申してくれ」

「承知しました」

源五郎は、定信に報告すべく立ち去った。

源五郎が屋敷を辞去《じきょ》してからややあって、今度は美代がやってきた。

御殿の居間で、恵氏は美代と向きあう。

「どうやら、解決の道筋が見えてきたようだ」

恵氏の言葉に、美代が問い返した。

「それはようございました。やはり大御所さまは、藤村と五郎八が組んでいたとお考えですか」

「間違いない」

「では、仲間割れだと」

「いいや、そうではない。藤村が一方的に五郎八を利用し、使い捨てにしたのだろう」

「使い捨て……」

「いかにも」

「では、いかにして藤村は、五郎八に毒を盛ったのでございますか」

さらに美代が問いかけると、

「美代ならわかるであろう」

恵氏は、にんまりとした。

美代は思案をはじめる。

「そなたは源公と違って石頭ではない。ちゃんと芝居心があるからな」

そう言って恵氏は、耳掃除をしてくれ、と美代に頼んだ。美代は応じて恵氏を膝枕にし、耳掃除をはじめた。しばらくしてから、

「なるほど」

と、微笑んだ。

膝枕をされながら、恵氏もにやりと笑う。

「わかったようだな」

「でも、まこと、そのようなことなのでしょうか」

「ほかに考えようがあるまい。ところで、勘蔵は、よく贋物を売りつけておるようだな」

「わたしも、そんな悪評を耳にしました」

「三日月宗近も贋物だ、と吹聴《ふいちょう》してまわれ。こちらは、本浦に勘蔵を解き放つよう言っておく」

目をつむりながら、恵氏は言った。

七

本浦に伴われ、勘蔵が喜連川屋敷に挨拶にやってきた。

庭先で本浦が片膝をつき、勘蔵のほうは土下座《どげざ》をして、

「大御所さまのおかげで解き放たれました」

と、感謝の言葉を述べたてた。

恵氏は縁側であぐらをかき、

「解き放つには、相当に苦労したぞ。なにしろ、おまえは評判よろしからぬ男であるからな」

「そんなにも悪うございますか」

心外だと言いたげに、勘蔵は首をひねった。

「悪いなんてもんではないぞ。おまえ、贋物を平気で売りつけているそうではないか」

「滅相もない」

勘蔵はかぶりを振った。

「嘘《うそ》を吐くと、またお縄にしてもらうぞ」

「い、いや、贋物と言われましてもね、あくまであたしは正真正銘の本物だと信じて売ったのです。決して、わかっていて売ったのではないのですよ」

必死で弁明する勘蔵に、

「それが嘘だと言っているんだ。この野郎、とぼけやがって」

本浦は、ぽかりと勘蔵の頭を叩いた。痛そうに、勘蔵は手で頭をさする。

「か、勘弁してくださいよ。信じてくださいよ」

「うるさい。やはり、おまえは嘘吐きだ。もう一度、番屋に引っ張ってくぞ」

怒鳴る本浦に対して、勘蔵は、やめてください、と喚《わめ》きたてた。

「立て！」

本浦が怒鳴ったところで、

「まあ、待て。おれはな、勘蔵の申すことは、まんざら嘘とは思わんぞ。心底、本物だと信じて、贋物を売ってしまったのだろう。なあ、勘蔵」

なぜか恵氏が庇《かば》い立てをすると、

「さすがは大御所さま、よくわかっておられます」

勘蔵は満面の笑みを広げた。

口を閉ざす本浦を尻目に、

「ところでな、おまえが競りにかけた三日月宗近、あれは贋物ではないのか」

不意に、恵氏は問いかけた。

「いいえ、あれは正真正銘の三日月宗近でございます」

真顔で勘蔵は返す。

恵氏は渋面を作り、

「本物ではなかろう」

「いいえ、本物です」

「おお、そうか、おまえはあくまで本物と目利きして、競りにかけたということだな」

「もちろんです。ところが、その三日月宗近の行方が知れぬとのこと……」

困りました、と勘蔵は言い添えた。

「どこにあるかは見当がついておる」

恵氏の言葉に、勘蔵は半身を乗りだした。

「どこでございますか」

「元書院番の藤村掃部助が、どさくさにまぎれて奪っていったのだ」

恵氏は、元書院番と強調したが、勘蔵は興味を示さず、

「藤村さまが……あのお方が」

悔しそうに唇を噛んだ。

「藤村は競り落としたわけではない。ということは、あれはまだおまえの物だ。おまえに取り戻させてやる」

「ありがとうございます」

「ただし、おまえにひと働きしてもらうぞ」

「もちろんです」

勘蔵は声を弾ませた。

「ならば」

恵氏はほくそ笑み、指示をした。


数日後の昼下がり。

恵氏と源五郎は、藤村の屋敷に忍びこんだ。なにしろ、建てつけの悪い屋敷である。易々《やすやす》と忍びこむことができ、荒れ果てた庭の植えこみに潜んだ。

庭で、勘蔵と藤村は言葉を交わしている。

「まこと、買い取ってくれるのだな」

藤村は言った。

「百両でしたら、今日にも」

勘蔵は、にやりとする。

「おい、それは法外に安いではないか。競りでは五郎八が、二千両の値をつけたのだぞ。だから、二千両以上で買うのが当然だろう」

「しかし、五郎八さんが競り落としたわけではございません。そもそも、どさくさまぎれに奪い取った三日月宗近を、どこで売りさばけるのですか。藤村さまは書院番組頭を辞されたのですな。失礼ながらお屋敷を見れば、お暮らしぶりは想像できるというもの。たとえ百両でも、安くはないと思いますが……」

勘蔵は強気に出た。

気圧《けお》されるように、藤村は後ずさる。追い討ちをかけるように、

「宝の持ち腐れとはこのこと。売ることもできない三日月宗近を持ち続けたとて、一銭にもなりませんよ」

「おのれ……」

悔しそうに、藤村は唇を噛んだ。

「では、百両ということで」

勘蔵は手をこすりあわせた。

「人の足元を見おって」

舌打ちをすると、藤村は三日月宗近を取ってくると御殿に入っていった。

ひとり残された勘蔵に、

「よくやった」

恵氏は声をかけると、源五郎とともに植えこみから姿を現した。

「これでよろしいですか」

「上々だ。あとは任せろ」

恵氏が言うや、勘蔵は代わって植えこみに身を潜めた。

恵氏と源五郎は、藤村を待つ。ほどなくして、三日月宗近を手に藤村が戻ってきた。

恵氏と源五郎を見て唖然《あぜん》としたあと、周囲を見まわした。

「勘蔵なら帰ったぞ」

恵氏が声をかけた。

気を取り直したように、

「これは大御所さま、急なるお越しでございますな。なにか拙者に、御用向きでもございましたか」

「そなたが手にしておる、三日月宗近に用があってまいった」

恵氏が指差すと、藤村は三日月宗近を引っこめた。

「いまさら隠してどうする。さあ、寄越してもらおうか」

恵氏が迫る。

藤村は逃げだそうとした。

それを、

「おっと、逃がさんぞ」

源五郎が両手を広げ、行く手を阻《はば》んだ。藤村は仰《の》け反《ぞ》って、立ち尽くす。

「そなたが五郎八に、毒を盛ったのだな」

恵氏がずばり指摘すると、

「先だっても申しましたが、拙者は五郎八の湯飲みに触れておりません。従いまして、毒の盛りようがありません」

かねてよりの主張を、藤村は性懲《しょうこ》りもなく繰り返した。

「この期《ご》に及《およ》んでまだとぼけるとは。その厚かましさだけは褒《ほ》めてやる」

心底おかしそうに、恵氏は笑った。

「大御所さま、なにを証拠に、拙者が五郎八に毒を盛ったなどと……」

「ならば問う。どうして三日月宗近を、そなたが持っておるのだ」

「正直に申しましょう。出来心でございます。あのとき、たまたま拙者ひとりしかおりませんでした。目の前には、三日月宗近。つい、出来心で持って帰ってしまったのです。申しわけございませんでした」

藤村は両手をついた。

「三日月宗近は盗んだが、五郎八は殺しておらんと申すか」

「御意にございます」

「ずいぶんと都合のいいことを申すものだ。ならば、そなたが五郎八を殺した経緯を絵解きしてやろう」

恵氏が言うと、藤村は挑《いど》むようにして顔をあげた。

「そなたは五郎八と示しあわせておったのだ。ふたりで競りに出る。五郎八は高値をつけ、三日月宗近の値をつりあげた。そして、頃合を見て、毒を盛られた芝居を打つ。みなが騒ぎたて医者を呼びにいっている間に、何者かに盗みだされたことにし、まんまとただで三日月宗近を奪い取ろうというわけだ。そして、医者が来たところで五郎八は蘇生《そせい》する予定だったのだろう。ところが……」

恵氏はここで言葉を止めた。

藤村は口を閉ざしている。

「ところが土壇場で、そなたは裏切った。そなたと五郎八のみが座敷に残ったところで、今度は本当に毒を五郎八に飲ませたのだ」

語調鋭い恵氏だったが、なおも藤村は黙りこんだままだ。

「どうなんだ」

源五郎が怒鳴りつけた。

太い眉が寄り、達磨のような顔が際立った。藤村は息が荒くなり、

「さすがは大御所さま、お見とおしでございますな」

「観念しろ」

三日月宗近を返せ、と恵氏は右手を差しだした。

「承知しました。このうえは……」

藤村は三日月宗近を差しだそうとして、

「おのれ!」

甲走《かんばし》った声を発すると、すごい勢いで抜き放った。鞘は投げ捨てた。

三日月宗近が白刃《はくじん》の煌《きら》めきを放つ。

荒れた庭にあって、不似合いな神々《こうごう》しさだ。

「無礼者！」

恵氏は一喝《いっかつ》した。

自暴自棄《じぼうじき》となった藤村は、見境なく三日月宗近を振りまわし、恵氏に迫る。源五郎が抜刀し、恵氏の前に立った。

それを、

「どけ、源公。三日月宗近はおれが取り戻す」

落ち着いた口調で、恵氏は制した。

源五郎は大刀を正眼《せいがん》に構えたまま引いた。

恵氏は腰の大刀を抜くことなく、立ち尽くす。白地に三日月と雲を描いた小袖を着流した恵氏は、あたかも舞台役者のようだ。

泰然自若《たいぜんじじゃく》として藤村を見据《みす》える姿には、いっさいの乱れはない。

藤村は三日月宗近を、大上段に振りかぶった。次いで、裂帛《れっぱく》の気合いとともに振り下ろした。

恵氏はわずかに腰を落とし、両手を頭上で交錯《こうさく》させせた。

三日月宗近は、がっしと恵氏の手につかまれた。

顔を引きつらせた藤村が必死でもがいたが、微動だにしない。

「馬鹿め！」

大音声《だいおんじょう》で怒声を浴びせると、恵氏は三日月宗近を持ったまま身体を左に大きくひねった。藤村は弧《こ》を描き、松の幹《みき》に激突した。

腰をさすりながら藤村が立ちあがったところへ、源五郎が大刀の切っ先を鼻先に突きつけた。

「まいりました」

藤村は、膝から崩折れた。

恵氏は鞘を拾い、三日月宗近を納刀《のうとう》した。

植えこみから、勘蔵が出てくる。

「お見事でございました。柳生新陰流《やぎゅうしんかげりゅう》、真剣白羽取《しんけんしらはど》りでございますな。生まれて初めて拝見いたしました」

勘蔵が賞賛すると、

「おれも初めてだ」

さらりと恵氏が返す。

「ええっ」

源五郎と勘蔵は、驚きのあまり絶句した。

「下手《へた》な奴に振りまわされ、三日月宗近を傷つけることは避けたかったからな。刃を交えまいとして使ったのだが、幸い、うまい具合にいってよかった」

恵氏は愛おしそうな眼差しで、三日月宗近を見た。

「三日月宗近も、大御所さまのもとに戻りたがっておったのでしょう」

勘蔵が言うと、

「ふん、調子のよいことを申しおって。して、いくらなら売るのだ」

「二十両でしたら」

勘蔵は手をこすりあわせた。

「ほう、ずいぶんと遠慮がちではないか」

「二十両は、質屋の宝屋さんから買った値でございます。その分だけ頂戴《ちょうだい》できればと。なにしろ、それは模造刀、つまり贋物でございますので」

勘蔵は、ぺこりと頭を下げた。

すると、

「贋物を競りにかけたのか」

藤村が怒りをつのらせた。

「競りにかけたときは、本物だと信じておったのです。手前の目利き違いでございました」

しゃあしゃあと勘蔵は返した。

藤村は唇を噛んだ。

あらためて勘蔵は恵氏に向き直り、

「これからは心を入れ替え、まっとうな商いをいたします」

「よき、心がけだ」

恵氏は大笑した。

勘蔵は頭をかき、

「やはり三日月宗近は、大御所さまが所持されてこそ映えますな」

「おい、これは模造刀だぞ」

恵氏は右目をつむった。

第三話　助太刀源五郎

一

梅が散り、桜が待たれる如月《きさらぎ》の二十日の朝。

大月源五郎は、喜連川屋敷にほど近い池之端の路上に、ひとりの男がうずくまっているところに出くわした。

腰に大小を差し、羽織《はおり》、袴《はかま》、ひと目で侍とわかるが、いかにもやつれ果て、憔悴《しょうすい》しきっていた。

三寒四温《さんかんしおん》とはよく言ったもので、ここ数日はぽかぽかとしていたが、今日は肌寒い風が吹く曇り日だ。

それだけに、行き倒れてしまうのではないかと気にかかる。道行く者たちは見て見ぬふりだ。

「いかがされた」

源五郎は男に声をかけた。

男は、大丈夫です、と答えたものの、その声は弱々しく、無精髭《ぶしょうひげ》や月代《さかやき》が伸びており、さらには落ち窪《くぼ》んだ目と相まって、とうてい大丈夫には思えない。

手甲脚絆《てっこうきゃはん》、裁着《たっつ》け袴《ばかま》に打飼《うちがい》を背負っていることからして、旅の途上であろう。

源五郎が立ち去ろうとしないためか、

「まこと、大丈夫でござる」

もう一度答えたものの、男の腹の虫がぐうと鳴った。

「貴殿、腹が減っておるのではござらんか」

源五郎が尋ねると、

「実は、昨日から水腹でござる」

恥じ入るように、男は答えた。

「ならば、どこかで」

周囲を見まわし、池之端の一角に一膳飯屋《いちぜんめしや》を見つけると、

「あそこにしましょう」

源五郎は先に立ち、一膳飯屋に入った。男もあとからついてきた。

すぐにできるものを、と源五郎が頼むと、丼飯と豆腐《とうふ》の味噌汁《みそしる》、鰯《いわし》の塩焼き、胡瓜《きゅうり》の浅漬《あさづ》けが、折敷《おしき》に載せられ運ばれてきた。

「拙者《せつしゃ》……」

男は素性《すじょう》を名乗ろうとしたが、

「まずは飯を食べてくだされ」

源五郎が勧めると、

「かたじけない」

ぺこりと頭を下げ、男は折敷から箸《はし》を取るや、味噌汁を飲み、飯を食べた。武士らしく背筋をぴんと伸ばし、礼儀正しく口に運んでいたのは最初のうちだけ、たちまちにして夢中でかきこみはじめる。

だが不快どころか、源五郎の目には好ましく映った。

丼飯を二杯食べ、腹が満たされたところで、男の表情はやわらかくなった。

茶を飲みながら、

「ご挨拶《あいさつ》が遅れました。拙者、上州榛名藩勘定方《じょうしゅうはるなはんかんじょうかた》・天木又三郎《あまぎまたさぶろう》と申します」

天木はぺこりと頭を下げた。

榛名藩は譜代《ふだい》五万五千石、藩主・望月讃岐守成定《もちづきさぬきのかみなりさだ》は、京都所司代《きょうとしょしだい》を務めている。

譜代名門の大名家の家臣が、腹を空かせて途方に暮れていたとは、なにかわけがありそうだ。

源五郎も素性を告げ、続けて問いかける。

「よかったら、仔細《しさい》をお話しくださらぬか」

「……実は、仇討《あだう》ちの旅の途上にあるのでござる」

「ほう、仇討ちでござるか」

思わず、源五郎は両目を見開いた。太い眉《まゆ》が寄り、達磨《だるま》のような顔が際立つ。さらなる仔細を聞きたそうに、目を凝《こ》らした。

天木は背筋を伸ばし、

「父の仇でござります」

と、事情を語った。

天木の父・宗太郎《そうたろう》は隠居の身にあった。榛名《はるな》城下にある組屋敷で、悠々自適《ゆうゆうじてき》の暮らしをしていたそうだ。

碁《ご》を打つのが楽しみで、ひと月ほど前、川添大和《かわぞえやまと》という勘定方の藩士と碁を打った。川添は天木とは同僚、お互いの組屋敷に出入りし、懇意《こんい》にしていたという。

「その碁をめぐって、父と争いになったのです」

碁をやらない源五郎には理解できないことだが、碁にのめりこむと周囲が見えなくなり、頭に血がのぼるようだ。

「身内の恥をさらすようで情けないのですが、父は大変に短気、また、札付きの酒癖《さけぐせ》の悪さです。酒席でのしくじりは、これまでに幾度も繰り返されました。それで、この日も碁で川添と言い争ったあげく、仲直りだと言って、酒宴になったのです」

酒の席で宗太郎は、初めのうちこそ楽しく飲んでいたが、

「酒を酌《く》み交わしているうちに、またもや碁の話となり、だんだんと激したようなのです」

ようなのです、と天木が言ったのは、その日は宿直《とのい》で屋敷を留守にしていたのだそうだ。妻に先立たれた宗太郎は、一粒種《ひとつぶだね》の又三郎とふたり暮らしであった。

これは、奉公人である三蔵《さんぞう》の証言である。

宗太郎は碁の話を蒸し返して激昂《げっこう》し、刀を抜いた。それだけでなく、川添に斬《き》りかかった。川添はやむなく応戦、宗太郎を斬殺《ざんさつ》したのだった。

「奉公人の三蔵は正直だけが取《と》り柄《え》の男でございまして、よもや偽《いつわ》りの証言をす

ることなどありえません。なかば自業自得とも言えましょうが、仇《かたき》は仇」

苦渋《くじゅう》の顔で、天木は言い添えた。

「その川添が江戸にいると知り、仇討ちにやってまいったのです。ところが、昨日、財布を掏《す》られてしまい、路頭に迷ったというわけでして……」

「用心棒ということは、川添は腕に覚えがあるのですか」

「両国西広小路《にしひろこうじ》の博徒《ばくと》、上州の勝蔵《かつぞう》の用心棒をしているとのことですが」

「川添は江戸のどこにおるのですか」

「城下一と評判でしたな」

「失礼ながら天木殿は……」

源五郎の問いに、天木は目を伏せた。聞かなくても、腕のほどの想像がつくというものだ。

案の定、

「わたしは、剣のほうはさっぱりなのです」

恥ずかしそうに、天木は言葉を添えた。

「では、藩内で助っ人を求められるということですか。あ、そうだ。財布を掏られて路銀にお困りでしたら、藩邸に駆けこめばよろしかったではござらんか」

「それが……」

答えづらそうに、天木はうつむきかげんとなった。

これにも深い事情がありそうである。

「立ち入ったことを聞いてしまい、すみませんな」

これ以上、立ち入ることは、はばかられ話を打ちきろうとした。ところが、

「申しにくいことながら」

天木は無理に口を開こうとした。

「いや、結構でござる」

「迷惑でなかったら聞いてくだされ」

畏《かしこ》まって、天木は言った。飯を奢《おご》ってくれた源五郎への義理立てか、誰かに苦しい胸のうちを語りたいのか。

はたまた、ひょっとして仇討ちの助勢を期待してのことだろうか。

源五郎としても引くに引けない。

「わたしでよかったら、語ってください」

こうなってはしかたないと、源五郎は居住まいを正した。

天木は軽く一礼してから、

「わたしは、勘定方の役目柄《がら》、もっぱら算盤《そろばん》の扱いで御家のお役に立ってまいりました。ところが、白河藩も同じと存じますが、銭金の勘定や算盤、算術などというものは、とかく下賤《げせん》なものとして蔑《さげす》まれております」

実際、この時代、大名家の藩校において、算盤や算術を講義しない家が珍しくはなかった。

「ですから、拙者は藩内の者から、算盤侍などと陰口《かげぐち》を叩《たた》かれております」

ひょろっとした天木の顔を見れば納得である。

「それで、助っ人がいないのでござるか。いかにも狭量《きょうりょう》ですな」

同情を示すように、源五郎は言った。

「それればかりではありません。許婚《いいなずけ》のこともございます」

「許婚がおられるのか」

問い返してから、いてもおかしくはないかと、台詞《せりふ》を後悔した。

「紗枝《さえ》殿と申しまして、これが榛名小町《こまち》の異名を取る美人でございます」

そう言ってから、天木は頬《ほお》を赤らめた。

しかし、決してのろけているのではないようだ。

「その、なんと申しましょうか……拙者には過ぎた女と申しましょうか。それがために、藩内ではずいぶんとやっかまれてもおります」

算盤侍が、城下で評判の美人を妻に迎えることへの反感から、天木は藩内で孤立しているようだ。

「それともうひとつ、紗枝殿は、川添大和の妹なのです」

「なんと……」

これには源五郎も、口をあんぐりとさせてしまった。

「それもあって、藩内の者たちは、拙者がひとりで川添を討つことを望んでおるのです。いや、そうではありません。拙者が返り討ちに遭うことを期待しておるのでしょう」

悔しそうに言って、天木は唇を噛《か》んだ。

「それは私情というものですぞ」

「しかし、人の気持ちというものは、そうしたものです」

天木は薄く笑った。

「紗枝殿はなんと申しておられるのですか」

「自分のことにはかまわず、兄を討ってくださいと申しておられます。そして、川添の所在を教えてくれたのも、紗枝殿であったのです」

紗枝のもとに川添から文が届き、江戸での暮らしぶりを知らせてきたのだとか。

「紗枝殿にすれば、実の兄が討たれることを覚悟で、天木殿に知らせたということになりますな」

「そういうことになります」

天木は苦渋の色を深めた。

「ここは、紗枝殿の気持ちを汲《く》み取って、ぜひとも仇討ちなされることですぞ。紗枝殿は実の兄より、夫となる貴殿を選んだのですからな」

源五郎の言葉に、天木はうなずいた。

「しかし、それほどの手練《てだ》れとなると、たしかにむざむざと命を捨てることにもなりかねませんな」

「もとより、死を覚悟しております」

天木は声を励ました。

「覚悟はよろしいが、仇討ち本懐《ほんかい》を遂《と》げることを祈念《きねん》されよ」

源五郎が返したところで、

「大月殿！」

折敷を押しのけ、切羽詰《せっぱつ》まった顔で、天木は両手をついた。

さては、と源五郎が身構えていると、

「いささか身勝手なお願いでござるが、拙者に助太刀を願えまいか」

案の定、額を畳にこすりつけてきた。

「面《おもて》をあげてくだされ」

源五郎は声をかけたが、

「なにとぞ、なにとぞ」

天木はひたすら繰り返すばかりで、顔をあげようとしない。

藩内で孤立し、美貌《びぼう》の許婚のことを嫉妬《しっと》される男。父を殺され、殺した相手が許婚の兄という不運に見舞われた男……。

源五郎とて同情を禁じえない思いである。

「わかり申した」

返した途端に、天木は顔をあげ、源五郎の手を取った。

「かたじけない。このご恩は生涯忘れません」

「いや、天木殿、礼は無事、仇討ち本懐を遂げられてからになされよ」

「そうですな」

天木は表情を引き締めた。

「ともかく、わたしも深入りしたからには、知らん顔はできません。武士は相身互いと申します」

「まこと、大月殿のような情け深いお方と巡り会うことができ、世の中まだ捨てたものではございませぬな」

「ならば、これからさっそく、と言いたいところですが、拙者も役目がございますので、今日のところは失礼いたします。それで、いきなり仇討ちというわけにはまいりませぬな。まず、川添に果たし状を渡し、後日、しかるべき場所にて果たし合いをおこなう、とすべきでござろう」

源五郎が言うと、

「ごもっともです」

天木も納得した。

「では、明日の昼九つ、両国橋の袂《たもと》で待ちあわせましょうぞ」

「承知しました」

ぺこりと頭を下げた天木を見て、源五郎は立ちあがろうとしたが、

「そうだ、今晩は藩邸にお泊まりになるのですか」

「いえ、藩邸には入りづらいので、いずこかで野宿をいたす所存」

「大事を控えて、野宿はよくない。しかるべく旅籠《はたご》に宿泊されよ」

源五郎は一分金を手渡した。

「重ね重ね、かたじけない。このご恩は生涯忘れませぬ」

ふたたび、天木は頭を下げた。

二

一膳飯屋を出ると、源五郎は喜連川屋敷へと急いだ。

とんでもないことに巻きこまれたが、見方を変えれば、喜連川恵氏によい土産《みやげ》話《ばなし》ができたかもしれない。

恵氏のことだ。きっと興味を示すに違いない。ひょっとして、自分も助太刀に加わると言いだすのではないか。

そうなったら、どうするか。

止めても聞く耳をもつ恵氏ではないが、さすがに、仇討ちの助太刀まではさせられない。

思案しつつも、源五郎は喜連川屋敷に到着した。

御殿の居間に入るや、

「源公、遅いぞ」

恵氏は不愉快そうだ。

「それが、少々、こみ入った件に巻きこまれてしまいまして」

思わせぶりに、源五郎は言った。

恵氏の横には美代もいる。

「面白いことか」

案の定、恵氏は興味を示した。

「それはわかりませんが、いささか、こみ入ってはおります」

「源公、勿体《もったい》をつけるな。さっさと申せ。よもや、つまらぬ話であったなら、承知せぬぞ」

源五郎の調子には乗せられまいと、恵氏は強い口調で言った。

気をもたせるように空咳《からせき》をひとつ、こほん、としてから、源五郎は語りはじめる。

「さきほどのことでございました。腹を空かせて路上にうずくまる、ある侍を助けたのですが……」

天木又三郎との出会いから、藩内での孤立、仇討ちの一件や許婚の話までをかいつまんで説明し、助太刀を頼まれたことを明かした。

聞き終えた恵氏は、大きく伸びをした。

意外な恵氏の反応に、源五郎は戸惑いを覚えた。

「それで、わたしは明日、天木殿と川添のところへ行き、仇討ちの果たし状を手渡すつもりでおります」

源五郎が言うと、

「源公、おまえは本当に人が好いのお」

呆《あき》れたように、恵氏は右手をひらひらと振った。

「武士として孤立無援《むえん》の天木殿を、放っておけなかったのです」

「おまえらしいがな。ひとつ、気がかりなことがある」

「どのようなことでございましょう」

源五郎は首を傾《かし》げた。

「紗枝とか申す、天木の許婚だ」

「紗枝殿がいかにされましたか」

「紗枝は、まことに兄を討つことに異存はないのであろうな」

恵氏は、ちらっと美代を見た。

美代も恵氏に賛同しているかのようだ。

「それはそうでしょう」

源五郎は言った。

「おれは天邪鬼《あまのじやく》だからな、ついつい勘繰《かんぐ》ってしまうのだが、紗枝はその天木とやらのことを、好いておらんのではないか。むろん、ふたりに会ったことはないゆえ、決めつけることはできんが、おれは紗枝が、天木と夫婦になることを望んでおらぬような気がする」

「どうしてですか」

「川添大和は、榛名城下一の遣《つか》い手《て》なのであろう。対して天木又三郎は、算盤侍と蔑まれる軟弱な男、おまけに家中では助太刀のあてもない。そんな男に、よもや兄が討たれるとは、微塵《みじん》も思ってもおらぬのではないか。いや、もっと申せば、兄に天木を返り討ちにしてほしいのかもしれん。それゆえ、兄の所在を教え、天木を嫌でも仇討ちへと追いこんだ」

恵氏らしいひねくれた考えだが、まんざら否定もできない。

「まさか、そのようなこと……それでは、天木殿があまりに気の毒」

源五郎は絶句した。

見兼ねたのか、美代が口をはさんだ。

「源五郎殿、まだそうと決まったわけではないのですから」

「それもそうですが」

「それに、源五郎殿が助太刀をなさって、見事、仇討ち本懐を成し遂げられたならば、天木殿は無事、紗枝殿と夫婦になれるのです」

美代に言われ、いまさらながら重圧を感じてしまった。

追い討ちをかけるように恵氏が、

「源公、おまえの安請《やすう》け合《あ》いも、とんだことにならねばよいがな」

「大丈夫です」

自信を持って、源五郎は胸を張った。

すると、

「なにも助太刀は、天木のほうだけではないかもしれんぞ」

「しかし、川添は遣い手でござります」

「それがどうした。いまは博徒の用心棒をやっておるのであろう。博徒どもが大勢で、助太刀に馳《は》せ参じるかもしれんではないか。さすれば、やくざ者のこと、どのような卑劣《ひれつ》な手段を使うやもしれんぞ」

恵氏は嬉《うれ》しそうに笑った。

まったく、意地の悪い大御所さまである。

「それは覚悟のうえです」

内心の不安を気取られまいと、ついつい大きな声を出してしまった。

「そこまで言うのなら、助太刀でもなんでもするがよい」

恵氏は冷たく言い放った。

源五郎とて、いまさら引く気はない。

「さて、源公が返り討ちに遭ったら、骨くらいは拾ってやるぞ」

小鼻を鳴らす恵氏を、

「大御所さま、いくらなんでも、いまのお言葉はひどうございますよ」

美代がたしなめてくれた。

「おれは、もしもの場合について言っただけだ。これでも、親切で申しておるのだぞ」

「ありがとうございます」

おざなりな様子で、源五郎は答えた。

「ともかく、川添大和という男を見てくることだな。そして、天木とのかかわりも、先入観にとらわれることなく見るのだ」

そこは恵氏も、真顔で指示した。

「承知しました」

恵氏に命じられると、不安が解消されてゆく。悔しいが、それはたしかなことだった。

「では、明日は天木殿の付き添いで、こちらには出仕できませんので」

源五郎は頭を下げた。

「気をつけて」

美代が気遣ってくれた。

三

明くる二十一日の昼九つ、源五郎は天木との待ちあわせ場所である、両国橋の袂へとやってきた。

天木は髭と月代を剃《そ》り、緊張を帯びた顔で源五郎を待っていた。

馬喰町《ばくろちょう》の井筒屋《いづつや》という旅籠に、宿をとったそうだ。旅の垢《あか》を落としてみると、天木の優男《やさおとこ》ぶりが際立った。それがかえって、仇討ちへの不安をつのらせる。

「まこと、ご面倒をおかけいたし、申しわけござらん」

「そのことは、もうよいのです。では、さっそくまいりましょうか」

源五郎はうながした。

天木が歩きだす前に、

「あ、そうだ。果たし状は用意してこられましたな」

源五郎は確かめた。

「このように」

懐中《かいちゅう》から取りだされた果たし状の文字は、なかなかに達筆だった。

「ところで、川添と紗枝殿の兄妹仲というのは、いかがであったのですか」

源五郎が問いかけると、

「それは、どういう意味でござるか」

天木は戸惑いと警戒の入り混じった目をした。

「紗枝殿は、貴殿と兄との板ばさみに遭い、さぞや苦しんでおられると思いましてな」

納得したのか、天木は目を伏せた。

「あの兄妹は早くに両親を亡くしましたので、絆《きずな》はたいそう強いですな。大和殿は紗枝殿より十歳も年上ということもあって、紗枝殿にとっては兄であり父であったようです」

「では今回のこと、紗枝殿は……」

「ですが、紗枝殿は意を決して、拙者に仇討ちを強く勧めてくれたのです。その紗枝殿の心中を思うと、なんとしても仇を討たんと……」

天木の目は潤み、声は震えていた。

どうやら心をかき乱してしまったようだ。源五郎はうなずくと、

「まずは、上州の勝蔵の賭場《とば》の所在を、確かめねばなりません」

「あ、そうか。両国西広小路としかわからんのでござるな」

申しわけない、と言って、天木は頭を下げた。

周囲を見まわすと、大勢の男女が忙《せわ》しそうに行き交っている。みな、堅気《かたぎ》の町人風で、賭場とは無縁の様子である。

盛り場に入り、源五郎は矢場《やば》の女に、勝蔵の賭場を尋ねた。

女は賭場なんか知らないととぼけたが、勝蔵親分の子分たちがたむろしているという縄暖簾《なわのれん》だけは教えてくれた。

路地を入ったどんつきにあるその店は、両国の喧騒《けんそう》が薄れ、盛り場には不似合いなほど、ひなびた雰囲気を醸《かも》しだしている。

暖簾をくぐると、入れこみの座敷で数人の男たちが昼間から酒を飲んでいた。目つきも悪く、着崩した小袖《こそで》と相まって、いかにもやくざ者といった風だ。

源五郎と天木をねめつけるように、視線を向けてきた。

「勝蔵一家の者たちだな」

源五郎が問いかけると、

「だったらなんすか」

大柄な男が巻き舌で返してきた。

「勝蔵一家の用心棒で、川添大和という御仁《ごじん》がおられるだろう」

引き続いての源五郎の問いかけに、

「川添……」

男は首をひねった。

「用心棒だ」

源五郎が言葉を重ねると、別の男が声を発した。

「ああ、先生のことだ。そういえば親分が言ってましたぜ。先生を訪ねて、お侍が来るはずだとね」

するとと大柄な男が、

「そうだったっけ。ま、いいや、お侍、名前は」

「川添に用があるのは、こちらの御仁だ」

源五郎に視線を向けられ、

「上州榛名藩の天木又三郎が来た、と知らせてくれ」

天木は告げた。

子分のひとりが出ていくと、源五郎と天木は手持ち無沙汰《ぶさた》になり、入れこみの座敷にあがった。

「お侍、酒を飲むかね」

子分たちに勧められたが、源五郎も天木もそんな気にはなれずに断った。

ほどなくして、勝蔵と思われるやくざ者と川添らしい侍がやってきた。天木の目が緊張を帯びる。

川添大和は長身で両肩が盛りあがり、頬骨が張った精悍《せいかん》な顔つきである。口元はゆるめているため、穏やかに微笑《ほほえ》んでいるかのようだった。

天木は立ちあがり、土間に降りた。源五郎も土間に立つ。

「又三郎、しばらくであったな」

川添の声は凛《りん》としてよく通った。いかにも、一角《ひとかど》の剣客《けんかく》を思わせる。

それには答えず、

「川添大和、父の仇だ。尋常《じんじょう》に勝負せよ」

と、果たし状を手渡した。

川添は受け取り、開いて一読した。次いで表情を変えることなく、

「承知した。ところで……」

視線を源五郎に向ける。

天木が紹介しようとしたのを制し、源五郎はみずから名乗った。

「拙者、白河藩松平越中守さまの家来で、大月源五郎と申します。ゆえあって、天木殿の助太刀をいたす」

「さようでござるか」

動ずることなく、川添はうなずいた。

「日時と場所ですが」

天木が問いかけると、川添は逡巡《しゅんじゅん》することなく答えた。

「未明がよいだろう。この裏手に草むらがある。そこが適当と思うが」

「承知いたした。して、日取りは」

「明後日《あさって》の明け六つ」

「承知」

天木はそう答えてから、源五郎を見た。源五郎も承知したと首肯《しゅこう》する。

すると川添は表情を心持ちゆるめ、

「又三郎、まこと覚悟はできておろうな。命を粗末にするな」

「拙者とて武士の端くれ。武士道に殉《じゅん》ずる覚悟はある。それに、返り討ちに遭うなどとは考えてはおりません」

「それはそうであろうがな。無用の血は流したくはない」

ここで源五郎が口をはさんだ。

「拙者が助太刀をいたすからには、天木殿をむざむざと返り討ちになどに遭わせませんぞ」

川添は視線を源五郎に転じて、

「ほほう、貴殿、腕に覚えがあるようでござるな」

「いささか」

「これは頼もしいかぎり」

川添が返したところで、

「失礼ながら、あっしらも一家をあげて、川添先生の助太刀をしますよ」

勝蔵が申し出た。

これには、天木が目を白黒させた。

「そ、それでは、数十人が果たし合いの場にやってくるのか」

「そういうことになりますよ。うちには喧嘩《けんか》慣れした奴らが何人もおりますんでね、それはもう、川添先生のためのお役に立つことでしょう」

勝蔵は余裕の笑みを浮かべた。

恵氏に言われた危惧《きぐ》が、まことになりそうだ。

「それは卑怯《ひきょう》ではないか」

思わず、源五郎は文句をつけたが、

「そっちだって助太刀を頼むんでしょう。こっちだって助太刀に加わるのは当然でしょう。うちにとっちゃあ、川添先生はね、大事なお人なんですよ。絶対に死なすわけにはいかねえんです」

断固とした物言いで、勝蔵は主張した。

源五郎は川添に向いて、尋ねた。

「貴殿はどうなのだ。このようなやくざ者に助太刀をしてもらって、情けなくはないのか。聞けば、貴殿は榛名城下一の腕前であったそうではないか」

「ならば、大月殿も助太刀をやめてはどうだ」

平然と川添は返す。

痛いところを突かれて、源五郎はたじろいでしまった。

「いかがかな」

川添は問いを重ねた。

源五郎が押し黙ると、

「又三郎、いかがだ。おぬしも、こちらの助太刀に不満があるか」

視線を向けられ、天木は動揺しながらも、

「かまわぬ」

腹から絞りだすように、言葉を発した。

川添はにやりとし、

「それとも、お互い助太刀は無用とし、わしと又三郎、ふたりだけの勝負とするか。そのほうが、すっきりとしてよいと思うが」

それができるならば、最初から源五郎を頼ったりなどしない。天木の苦悩がわかるだけに、源五郎もつらい思いがした。

「どうだ」

なおも川添が迫ると、

「それでもかまわぬ」

小声でぼそっと、天木は答えた。

「よし、そうしようではないか」

川添の言葉は、天木にとって死を宣告されたようなものであった。

このままではいけないと、源五郎はすばやく思案をし、

「では、わたしは立ち会い人ということで、果たし合いの行方を見届ける」

「なら、あっしもそうさせてもらいますぜ」

勝蔵も申し出た。

「わしに異存はないぞ」

川添が応じると、

「拙者もござらん」

力なく天木も受け入れた。

四

川添と別れたあと、源五郎は天木と両国広小路の茶店に入った。

天木の顔色から血色は失われ、肩が落ちている。もはや、死んだも同然だと言わんばかりだ。出された茶にも蓬団子《よもぎだんご》にも手をつけることなく、呆然《ぼうぜん》としていた。

「まあ、そう気を落とされるな」

無駄とは思いつつも、源五郎は励ましの声をかけた。

「いや、わかっております。どのみち、こうなることはわかっておったのです」

自分を納得させるように、天木は言った。

源五郎が黙っていると、話を続けた。

「だって、そうでしょう。川添に勝つことなど、わたしにできるはずがありませんでした。たまたま、大月殿の好意にすがることができて、希望が芽生えてしまった。だから、こうなることは当然であったのです」

返す言葉がない。それほど、天木の言葉には真実味があった。

「やはり、藩邸にかけあってはいかがですか」

「それは無理だと申しましたか」

「決めつけず、頼んでみる価値はあるのではありませんか」

「川添とは、助太刀は頼まないと約束したのです」

「ですから、やはりお互い助太刀を頼もう、と申し出ればよい。榛名藩とて、やくざ者にむざむざと自藩の藩士が殺されるのを、黙認するはずはございません。あっ……そうだ、わたしも同道いたします。いまから藩邸に行きましょう」

強い口調で、源五郎は勧めた。

「いや、そこまでしていただくことはできません」

それでも、天木は躊躇《ためら》いを示した。

「遠慮しておられる場合ではござらんぞ。このうえはご自分の命、亡きお父上の無念を晴らさないでおれましょうか」

源五郎の太い眉が寄った。達磨のような顔が際立つ。

しかし、天木の心には響かなかったのか、

「こう申してはなんですが、父は自業自得です。川添でなくとも、いつの日にか酒癖の悪さか、碁への思いが祟《たた》って、命を失うことになったと思います。ですから、川添にさほどの恨みはないのです」

淡々と語る天木の言葉には、いっさいの虚飾《きょしょく》がなかった。それが本音《ほんね》なのだろう。

次いで、

「それから、わたしの命ですが、それも、諦めがついているというのが正直なところなのです」

「紗枝殿はいかがされる。紗枝殿は貴殿が見事、仇討ち本懐をお遂げになって国許《くにもと》に戻られる日を、一日千秋《いちじつせんしゅう》の思いで待ち焦《こ》がれておられるのですぞ」

口角泡《こうかくあわ》を飛ばさんばかりの源五郎に、天木は薄笑いを浮かべた。

意外な天木の対応に、

「どうされたのですか」

「すみません」

天木はぺこりと頭を下げる。

「謝ることはありませんが……」

目を凝らす源五郎に、

「紗枝殿は、拙者のことを好いてはおりません。きっと、拙者が兄に討たれることを望んでおることでしょう」

「馬鹿なことを申されるな」

「大月殿は紗枝殿のことをご存じないから、そのようにお怒りなのだ」

あたかも道理を諭《さと》すように、天木は言い返した。

つい、源五郎は口を閉ざしてしまう。

「紗枝殿は、拙者のような算盤侍を好いてはおりません。兄のようにたくましく、そして仕事ができて、出世する男が好きなのです」

ここでも淡々と、天木は語った。

「天木殿も懸命にお役目を果たせば、出世の道が開かれるでしょう」

源五郎の励ましに、天木は感謝の言葉を口にしたものの、

「拙者は出世とか褒美《ほうび》などには、興味はございません。負け犬の戯言《ざれごと》と受け止められるかもしれませんが……」

「では、なにに興味がありますか。お父上のように碁ですか」

「いえ、とりたてて興味があるものなど……ああ、そうだ。榛名山が好きです」

「国許のお山ですな」

「そうです。晴れた日の榛名山を見あげるのが好きなのです。とくに春ですな。

春の霞空《かすみぞら》の下、白雪《はくせつ》をいただいた榛名山は、いつまで眺《なが》めていても見飽きませ
ん」

　天木は遠くを見る目をした。

「では、仇討ち本懐を遂げて、榛名山をご覧になられよ」

源五郎が言うと、天木は我に返り小さくうなずいた。

しばらく考えてから、

「ともかく、藩邸にまいりましょう」

ふたたび源五郎は誘ったが、

「拙者はまいりません」

拗《す》ねたように、天木は旅籠に戻ると言って、腰をあげてしまった。

その背中を呆然と見送りつつ、源五郎は深いため息をついた。

「やはり、足を運ぶか」

そうつぶやくと、榛名藩邸へと足を向けた。

榛名藩邸は、外桜田《そとさくらだ》の大名小路にあった。

源五郎は訪問の目的を告げ、留守居役への面談を求めた。

用向きと源五郎が松平定信の家臣ということが効いたのか、すぐに御殿の使者の間へと通された。

ほどなくして、年配と中年の武士がやってきた。年配のほうが留守居役・井本《いもと》佐五郎《さごろう》で、中年が勘定頭《かんじようがしら》・梅沢秋輔《うめざわしゆうすけ》と名乗った。

源五郎は、これまでの経緯《いきさつ》を簡潔《かんけつ》に語った。

「それはそれは……お手を煩《わずら》わせましたな」

まずは井本が頭を下げた。

それから梅沢が、

「このこと、松平越中守さまもご存じなのでしょうか」

「いや、あくまでわたしの一存でかかわっております」

源五郎が答えると、井本も梅沢も、心なしか安堵《あんど》の表情を浮かべた。

「申しましたように、天木殿は死を覚悟しておられます。このうえは藩からも助太刀をするのが当然と考えますが」

源五郎が言うと、井本は難しい表情を浮かべた。

「そう思われるのは無理からぬことですが」

その言葉を引き取り、

「天木親子はとかく、藩内での評判が悪うございましてな。助太刀を申し出る者はおりません」

梅沢が渋面《じゅうめん》混じりに答えた。

「そのことは、天木殿からもうかがいました。ですが、ここは私情をはさまぬべきではありませんか」

抗議めいた物言いをした源五郎に対して、

「ところで大月殿は、どのように聞いておられますか」

梅沢が問い返した。

「亡きお父上に関しては、失礼ながら大変に酒癖が悪く、これまでにたびたび問題を起こしてきたとか。そして、天木殿ご自身につきましては、美人の許婚のせいか、はたまた剣が苦手でおられるがゆえか、算盤侍などと言われ、蔑まれていると聞いております」

源五郎が答えると、梅沢は深くうなずいた。

「いかにも、算盤侍と蔑まれておりますな。しかし、天木が蔑まれておるのは、そればかりではありません。端的《たんてき》に言えば、仕事ができないのです」

「仕事ができない……」

「勘定間違いをすることたびたび、帳簿に穴を空けたこともありました」

梅沢はため息をついた。

「しかし、そうであっても、仇討ちとなれば話は別ではございませんか」

これには梅沢に代わって井本が、

「助太刀はあくまで、個々人の意思によるものです。藩の命令でおこなうべきものではありません」

断固とした口調で返した。

「それはそうですが」

返す言葉が見つからず、源五郎は口ごもってしまった。

話は済んだとばかりに、井本は腰を浮かした。

「待ってくだされ」

源五郎が引き止めると、井本は腰を落ち着けたものの、

「いくら頼まれようと、わしから助太刀をつのるようなことはいたしませんぞ」

「ならば、川添大和はどうなるのですか。藩士を殺害したのですぞ」

「それはあくまで、私の争いでござる。それに、もはや当家とはかかわりのない者でございます」

冷然と井本は言い置くと、梅沢とともに使者の間から出ていった。

源五郎は無念の唇を噛んだ。


御殿を出て、藩邸を出ようとしたところで、

「もし」

と、呼び止められた。

振り向くと若い女、しかも、相当な美人が立っている。もしかして紗枝かと見当をつけると果たして、

「天木又三郎さまの許婚で、紗枝と申します。又三郎さまの仇討ちの件で訪ねてこられたと、耳にいたしたのですが……」

紗枝は遠慮がちながら、しっかりとした口調で問いかけてきた。

「いかにも、わたしは助太刀を買って出ました」

源五郎が言うと、

「ありがとうございます」

紗枝は深々と腰を折った。

「いや、わたしは自分の意思でおこなっていることですから」

「ですが、大月さまのような、かかわりのない方が助太刀してくださるとは」

目を潤《うる》ませた紗枝に、源五郎は尋ねてみた。

「江戸には、やはり仇討ちのことが気になって来られたのですか」

「はい」

紗枝はうなずいた。

天木に言ってやりたい。紗枝は、天木の死を望んでなどはいない。天木の身を案ずるあまりに、江戸までやってきたのだと。

「紗枝殿、天木殿と兄上の板ばさみ、さぞやおつらいことですな」

「わたくしは意を決しております。又三郎さまの妻となるからには、川添大和はわたくしにとりましても、仇でございます」

強い意思をこめて、紗枝は言った。

五

「よくぞ申された」

源五郎は心の底から、賞賛の言葉を送った。ますます、天木に肩入れがしたくなる。

「あの……」

紗枝が遠慮がちに問うてきた。

「なんでござる」

「又三郎さまは、どこへおいででございますか」

「馬喰町の旅籠・井筒屋にお泊まりです」

「ありがとうございます」

「お訪ねになりますか」

「そうしたいと存じます」

「きっと、天木殿も喜び、励みになることでしょう。それにしても、榛名藩の態度は冷たい。せめて、藩邸内で寝泊まりをさせてもいいではないか」

源五郎が憤《いきどお》ると、

「藩内で又三郎さまを嫌うお方は多いと存じます。たしかに、藩の仕打ちは非情ですが、無事、仇討ち本懐を遂げたなら、きっと藩内でも、又三郎さまに対する評価が違ってくると思うのです」

「そのとおりだと思います」

「それゆえ、なんとしましても……」

声を震わせた紗枝も、仇討ちの成功を祈っているようだ。

「わたしは当日、立ち会う予定でございます」

「二十四日でございますね。できれば、わたくしも立ち会うべきでしょうか」

「いや、それはどうでしょう」

「できれば、行きたくはございません。仇とは申せ、川添大和は実の兄でございます。夫となる人と兄が殺しあう姿を、目《ま》のあたりにすることは……やはり、できません」

紗枝は目を伏せた。

「お気持ちはよくわかります。藩邸にて待たれよ」

仮に天木が仇を討てたところで、兄を亡くすことになる紗枝にしてみれば、どちらに転んでも悲痛な思いを抱くに違いない。

「大月さま、どうぞ、よろしくお願いいたします」

紗枝は深々と頭を下げた。

明くる日、源五郎は喜連川屋敷で、恵氏に事の顚末《てんまつ》を報告した。

「すると、源公は助太刀をしなくてよくなった、というわけだな」

　恵氏に言われ、

「それはそうですが」

「どうした不満か。命拾いしたのだぞ」

「やはり、不満というか、榛名藩の態度も含めてすっきりとしません」

「仇討ちは、おまえがすっきりするためのものではないだろう」

「それはそうですが」

　源五郎の言葉がしぼんでゆく。

「ともかく、仇討ちに立ち会うのであれば、よけいな手出しはするなよ」

「わかっております」

「よし、おれも行ってやるか」

　ここにきて、ようやく恵氏は好奇心を抱いたようだ。

「まさか、立ち会われるのですか」

　源五郎が聞くと、

「馬鹿、おれはな、おまえを見張りにいくのだ。よけいなことをせぬようにな」

「わかっております。しかし、不憫《ふびん》なのは紗枝殿です」

「それが、よけいなお世話というのだ。源公が、かかわることではあるまい。まったく、おまえという男は、どこまで人が好いのだ」

恵氏が源五郎をなじると、

「そこが源五郎殿のいいところでございます」

横に控える美代が、かばってくれた。

「そうかのう」

不満そうに、恵氏は横を向いた。


仇討ち当日となった。

あいにくの雨である。息苦しさで胸がはちきれそうになりながら、源五郎は指定された果たし合いの場へとやってきた。

草木は濡《ぬ》れそぼり、まだひとけはない。

どうやら、源五郎が一番乗りのようだ。

樫《かし》の木の陰《かげ》に身を寄せ、雨を避けた。

雨で白く煙った決闘の場は、波乱の予感を感じさせた。視線を転ずると、薄墨《うすずみ》で覆《おお》ったようで視界が定まらず、大川が見えない。

　やがて、人の声や足音が近づいてきた。川添大和と上州の勝蔵一家の者たちがぞろぞろと現れた。みな、傘《かさ》は差さず笠《かさ》を被《かぶ》り、蓑《みの》に身を包んでいる。

　雨中、笠と蓑を脱いで、川添は立ち尽くした。

　源五郎は、川添の前に立った。

「いよいよですな」

　声をかけずにはいられなかった。川添は落ち着いている。

「大月殿、かかわりのない貴殿を巻きこんでしまい、痛み入る」

　川添は一礼した。

　勝蔵たちは早朝、しかも雨とあって不満顔である。

「紗枝殿に会いました」

　源五郎は言った。

「ほう」

　川添はわずかに眉を動かした。

「わたしは紗枝殿に、仇討ちの結果を伝えることを約束しました」

「妹には気の毒であるが、又三郎を斬らねばならん」

　川添の目が凝らされた。

「紗枝殿も覚悟を決めておられます」

「紗枝らしい」

川添は雨空を見あげた。

そのとき、明け六つの鐘《かね》が鳴った。

川添は身構えた。

天木はまだやってこない。

篠《しの》つく雨のなか、天木が来るのを一同は待ち受けた。しかし、天木は姿を現さない。四半刻《しはんとき》ほども過ぎると、

「来ねえじゃねえか」

「逃げたんだぜ」

などと、勝蔵の子分たちが騒ぎはじめた。

源五郎は睨《にら》みつけたが、一抹《いちまつ》の不安が胸を過《よ》ぎるのを禁じえない。

まこと、来ないのではないか。

不安を打ち消すように、首を左右に振った。

雨粒が飛び散った。

川添は動ずることなく、雨中に立ち尽くしている。

来てくれという思いと、来るなという思いとが、源五郎の胸に交錯《こうさく》する。初夏《しょか》とはいえ、朝から濡れ鼠《ねずみ》となったとあって、身体が冷えてきた。

「やっぱ、逃げたんですぜ」

「先生の不戦勝だ」

子分たちは言った。それに対し、もはや文句をつける気も起きなかった。

やがて、朝五つの鐘が鳴った。

呆れたように、勝蔵が言葉を発した。

「先生、こりゃ、来ませんぜ。宮本武蔵《みやもとむさし》が佐々木小次郎《ささきこじろう》と戦うのに、わざと遅刻したってこってしたけど、あのひょろひょろ侍じゃ、よもや考えられませんや。きっと、怖気《おじけ》づいて逃げたに決まってますよ」

それを聞き流してから、川添は雨空を見あげ、

「又三郎は来ぬようだ。これまでとするか」

「けっ、度胸のねえ野郎だぜ」

「まったくだ。おかげで濡れ鼠だ」

さんざんに口汚《くちぎたな》く天木を罵《のの し》りながら、子分たちは立ち去っていった。

ひとり残った川添が、

「大月殿、無駄足を踏ませ、ご苦労でござったな」

「いえ、そんなことは」

源五郎は口ごもった。

「結局、あいつは逃げたのだ」

川添は吐き捨てた。

なにも言えず、源五郎は黙りこんだ。


いったん着替えを済ませてから、源五郎は馬喰町の旅籠・井筒屋にやってきた。

主人に天木の所在を確かめると、昨日の夜に宿から出たきり、戻っていないという。

宿賃は前払いでもらったからよいが、妙なものだと主人は首を傾げた。

天木はやはり逃げたのだろうか。

「どこへ出かけると言っていたのだ」

源五郎が問いかけると、

「さて、どことも。ただ、その前に文《ふみ》が届きました」

「差出人は」

「よく見ておりませんでしたが、書いていなかったような」

主人は首をひねった。

天木は文によって呼びだされたのではないか。

いったい、誰がなんのために。

「ところで、天木を訪ねて女が来たであろう」

「ええ、昨日の昼のことでした」

やはり、紗枝は天木を励ましに訪れたのだ。

天木は、昨日の夜からどこかへ行ってしまった。

逃げたのだろうか。だとすれば、榛名へ戻ることはできまい。銭金もなく、流浪《るろう》を続けているのではないか。

源五郎の胸を、虚《むな》しい風が吹き抜けていった。天木が仇討ちの場に来ず、行方が知れないと聞いたら、紗枝はどう思うだろう。

たとえ悲しもうが、天木の無事を願おうが、知らせないわけにはいかない。

源五郎は重い足取りで、榛名藩邸に向けて歩きだした。

それと、恵氏への報告を思うと気が重い。恵氏のことだ、どんなに口汚く罵ることだろう。

源五郎はため息を吐いた。

六

榛名藩邸へ着いたときには、昼を過ぎていた。留守居役の井本と勘定頭の梅沢に、今日の顚末を報告する。

井本は表情を消していたが、梅沢は薄笑いを浮かべた。

「天木の奴、逃亡《とうぼう》したのですな。いかにもあいつらしい」

「まだ、逃げたと決まったわけではありません。旅籠から出ていったきり、行方がわからないということです」

源五郎が苦しい言いわけをすると、

「まさしく逃亡でござろう」

にべもなく梅沢は決めつけた。

「まあ、見方によりましては……」

なおも苦しまぎれの言葉を返すと、梅沢は半身を乗りだしたが、井本がやめろと目配せをした。

「当家とかかわりがないにもかかわらず、大月殿には過分な親切、心よりお礼を申しあげます。なお、これは些少《さしょう》ですが」

井本が、紙に包んだ小判《こばん》を差しだした。

「無用に願いたい」

断固として、源五郎は受け取りを拒んだ。

「大月殿の誇《ほこ》りを傷つけるつもりはござらん。ですが、これは当家の気持ちなのです」

「……では、お気持ちだけ受け取ることにいたします」

源五郎がそう返すと、井本はしばらく黙っていたが、やがてうなずき小判を仕舞った。

「それから、紗枝殿に天木殿のことを報告いたしたいのですが」

源五郎の申し出を、

「わざわざ、ありがとうございます。では、しばし待たれよ」

井本と梅沢は出ていった。

部屋の中でひとりになり、紗枝にどう話そうかと考えた。できるだけ気持ちを乱さないようにと苦慮《くりょ》したが、結局、ありのままを報告するにかぎる。

ほどなくして、紗枝がやってきた。

紗枝は緊張を帯びた目で、源五郎を見た。

「遅くなりました」

まずは、源五郎は詫《わ》びた。

紗枝は無言で、源五郎の報告を待った。

「本日、果たし合いの場に、天木殿は現れませんでした」

「そうですか」

紗枝に驚いた様子はない。淡々と事実を受け入れているだけだ。

「昨夜、馬喰町の井筒屋を出ていかれて以来、行方が知れないのでござる。紗枝殿、昼間に天木殿を訪ねられたのですな」

「はい、たしかに訪ねました」

「そのときの様子はいかがでしたか。いや、仇討ちを止めて、どこかへ行くようなことをおっしゃってはおられませんでしたか」

「たしかに、大変に緊張しておられました。ですが、覚悟はできている、自分は決して逃げたりはしない、と強くおしゃっておられました」

「なるほど……。昨夜、天木殿に文をお出しになりましたか」

源五郎の問いかけに、

「いいえ」

即座に紗枝は否定した。

「すると、誰が文を出したのでしょうな。どうやら天木殿は文に呼び出された様子。天木殿があの旅籠に泊まっていることを知る者は、わたしと紗枝殿のほかにはおりません。それとも、紗枝殿、どなたかに教えましたか」

「いいえ、教えてなどおりません」

ふたたび紗枝は否定した。

「すると……勝蔵一家の誰かが、天木殿のあとをつけたのかもしれませんな」

「わたくしにはわかりません」

紗枝は困惑を示すだけだ。

「もし、勝蔵一家が天木殿の宿泊先を確かめたのだとしたら、仇討ちをする前に天木殿を呼びだして、殺したのかもしれません」

「やくざ者たちのことですから、そんな卑劣な真似もしましょうが、もしそうだったとしても、兄が命じたとはとても思えません」

そんな卑怯な男ではない、と紗枝は強調した。

「たしかに。川添殿の腕ならば、やくざ者に闇討《やみう》ちさせなくとも、返り討ちにできたことでしょう。前言を翻《ひるがえ》すようですが、やくざ者も川添殿の腕がわかっているのでしょうから、よけいなことをしたとは思えません。すると、誰に呼びだされたのか」

源五郎は首をひねった。

そして、

「いずれにしても、天木殿が逃亡したとは思えないのです。実直な人柄であることに加え、路銀に事欠いておられました。わたしと出会った際に、財布を掏られ、一文なしになっていたのです。ですから、あてもなく逃げだしたということは、ないと思うのですが」

源五郎の考えを聞いて、紗枝は思いつめたような顔となり、

「あの、実は思いあたることがございます」

「なんですか」

「くれぐれも内聞《ないぶん》に願いたいのですが、実は、又三郎さまには公金横領《おうりょう》の疑いがあったのです」

紗枝は声をひそめた。

公金横領……。

純朴《じゅんぼく》そうな天木からは、想像もつかない。

しかし、梅沢が言っていた。天木は、勘定間違いや帳簿に穴を空けたりする、仕事のできない男である、と。

仕事ができないのではなく、意図的に勘定を誤魔化《ごまか》していたのではないか。

「すると、天木殿は、はなから仇討ちなどする気がなく、江戸にやってきたということですか。そして、仇討ちを名目に、横領した金を持ち逃げをしたと」

半信半疑で、源五郎が問いかける。

「そんなことはない、と信じたいのですが」

紗枝は目を伏せた。

「天木殿が公金横領したこと、井本殿や梅沢殿はご存じなのですか」

「うすうすはご存じだと思います。しかし、そのことが表沙汰《おもてざた》になりますと、梅沢殿の責任を問われます。殿さまは大変に厳しいお方で、家来の失態《しったい》を許したりはなさいません」

なるほど、保身に走っているというわけか。

「又三郎さまは、近々にも勘定方の役職を解かれることになっておりました」

「仇討ちに誰も助太刀しなかったのは、そうした理由もあったのですか」

「おそらくは」

紗枝は目を伏せた。

「紗枝殿、もしかして旅籠を訪ねられたのは、公金横領の件ではござらんか」

源五郎は紗枝を見た。紗枝はしっかりと源五郎を見返し、

「おっしゃるとおりです」

はっきりと答え、続けて、

「わたくしは又三郎さまに、公金を横領したなら、藩邸に出頭して梅沢さまにいっさいを告白すべきだ、と申しました」

そんなことをしたら、役を解かれるだけでは済まない。家禄《かろく》までも没収される
……天木はそう言ったという。

「わたくしは、それでも仇討ちで兄に討たれるよりはましだ、と申しました」

そこで天木は黙りこんでしまった。

「横領した金はどうしたのですか」

「国許から持ってきたのだと思います」

「それを掏られたと」

「掏られてなどいないのでしょう。おそらく芝居だと思いますよ」

紗枝の目つきは冷たくなり、物言いは突き放すようになった。

源五郎に話しているうちに、天木が横領した金を持って逃げたということを確信したようだ。天木への嫌悪感が膨れあがったのかもしれない。

屋根を打つ雨音が強くなり、風も吹いてきた。

「嵐ですね」

話の継ぎ穂をなくし、気まずい空気を払うようにして言ったのだが、紗枝は言葉を返してこない。

「天木殿が公金を横領して逃亡したとすると、藩では追っ手をかけることになるのでしょうか」

「それはわかりません。さきほども申しましたが、梅沢さまはこのことを表沙汰にしたくないでしょうから」

「なるほど、追っ手をかけるとなると、殿さまのお許しが必要になってきますものね。ところで、横領した金はいかほどですか」

「三百両あまりでしょうか」

「大金ですな」

大金には違いないが、榛名藩の財政が傾くというほどではない。事を穏便《おんびん》に済ませたいと梅沢が考えたとしても、不思議ではない。

天木又三郎、純朴な武士としか思えなかったが、そんな裏を持っていたとは。このことを恵氏に報告したら、簡単に信用した源五郎は、さぞや面罵《めんば》されるだろう。

「紗枝殿に連絡を寄越すのではございませんか」

「それはないでしょう。もう、二度とわたくしの前に、姿を現すことはないと思います」

紗枝は、きつく唇を引き結んだ。

「紗枝殿、どうかお健《すこ》やかに」

おざなりな言葉しかかけられない。嵐は強くなり、帰りが憂鬱《ゆううつ》になった。

しかし、嵐が去れば、青空を見ることができよう。

「失礼いたす」

源五郎は辞去《じきょ》した。

七

嵐が過ぎ去った明くる朝、快晴の空の下、源五郎は喜連川屋敷に出仕した。晴れやかな天気とは正反対に、源五郎の胸はどんよりと曇っている。

庭に立った恵氏は、御殿の屋根を見あげていた。源五郎が挨拶をすると、

「なんだ、源公、生きていたのか。それなら、瓦屋《かわらや》に頼むのじゃなかったな。まあいい。おまえも手伝え」

恵氏は、屋根の修繕《しゅうぜん》をしろと命じてきた。雨漏《あまも》りがひどかったようだ。

話をする前に、源五郎は屋根にのぼらされ、昼までかかって屋根の修繕を手伝った。

昼には握り飯が出され、美味《うま》いと頬張ってから、ようやくのこと恵氏に天木の仇討ち顚末を語った。

恵氏は聞き終えてから、

「ともかく、助太刀をせずに無事であったのだから、よかったではないか」

珍しく恵氏は気遣ってくれた。

「それにしましても、天木又三郎が公金を横領し、仇討ちを隠れ蓑にして逃亡したなど、信じられません」

「しかし、紗枝とか申す許婚が、そうだと申しておるのだろう」

「そうなのですがね」

源五郎はもう一度、紗枝とのやり取りを思いだしながら語った。

「なるほどのう……紗枝の話しぶり、いかにも確信を持っておるようだが、果たして、どこまでが真実であろうかな」

恵氏が唸《うな》ったところで、美代がやってきた。

美代は源五郎に、無事帰ったことの労《ねぎら》いの言葉をかけてから、

「大川で亡骸《なきがら》が打ちあがったそうですよ。お侍ということです」

侍は足に大きな石が繋《つな》いであったが、昨日の嵐によって川が増水し、水の流れが激しくなって浮きあがってきたということであった。

「身元はわかっているのですか」

嫌な予感にとらわれながら源五郎が問うと、

「まだ、わからないそうです」

美代の答えを聞き終わらないうちに、源五郎は飛びだした。

両国の自身番で確認した亡骸は、果たして、天木又三郎であった。

天木は袈裟《けさ》懸《が》けに斬られていた。

そのまま源五郎は自身番を飛びだし、榛名藩邸へと駆けた。

まずは紗枝に取り次ぎを頼んだのだが、藩邸を出てしまったそうだ。すでに榛名へと帰っていったということか。

留守居役の井本は不在で、梅沢が会ってくれた。

「天木又三郎殿が、何者かに殺されましたぞ」

勢いこんで源五郎が知らせると、梅沢は表情を険《けわ》しくした。

「ところで天木殿は、藩の公金を横領しておったとか」

源五郎がたたみかけると、梅沢は目を白黒とさせ、

「いったい誰がそのようなことを……」

「紗枝殿です」

「藩の恥ゆえ、大きな声では申せぬのですが、たしかに公金が横領されておりました。しかし、それは天木の仕業ではございません。天木は仕事こそできなかったが、正直な男であったことは間違いない。それに、とびきりの小心者。とても、

藩の金に手をつけることなど、できるはずがござらん」

　梅沢はきっぱりと言いきった。

「そうでござるか。すると、天木殿は仇討ちを前に、どうして殺されたのでしょうな」

「さて、それはわかりませんな」

　梅沢は腕を組んだ。

　源五郎も見当がつかない。すると、川添の顔が思い浮かんだ。

「川添大和はどういう男でしたか。川添も勘定方でござったとか」

「実は、あいつこそが公金を横領しておったのだと、わしは睨んでおるのです」

「まことですか」

「ちょうど調べようとしたところで、天木の父を斬り、藩を逐電《ちくてん》してしまったのでござるよ」

　それだけ聞くと、源五郎は榛名藩邸を辞去した。

　その足で源五郎は、両国の上州の勝蔵一家の賭場へとやってきた。

　出てきた勝蔵に、川添と会いたいと告げると、

「今日は先生、風邪で臥《ふ》せておられるんでさあ」

と、言った。

「ほう、風邪か」

「雨のなかに長いこと立っていましたからね。あっしの子分のなかにも、風邪を喰らった奴がいますよ。大月さまは、なんともありませんか」

「ああ、わたしは大丈夫だ。そうだ、見舞いにいこう。ご自宅を教えてくれ」

「この賭場の裏手にある、三軒長屋のひとつですよ」

勝蔵は答えた。

それから源五郎は、思いだしたように問いかける。

「おまえ、天木殿が泊まっていた旅籠を、子分たちに探らせたのか」

「ええ、なんですよ、藪《やぶ》から棒に」

勝蔵は戸惑いを示した。

「旅籠の所在を探らせたんじゃないのか」

「してませんって。どうして、そんなことする必要があるんですか。だって、そうでしょう。どうせ、仇討ちの場にやってくるんですからね」

「もしかして……まだ天木殿が亡くなったことを知らないのか」

「ええ、あのお侍が」

勝蔵の目が凝らされた。

「殺されたのだ」

「だから、仇討ちの場に来なかったんですか」

勝蔵は妙なことに感心した。

この反応からして、天木殺しは勝蔵たちの仕業ではないということか。

「疑って悪かった。では、川添殿の見舞いにいくか。男やもめは病《やまい》に臥せったときに厄介なものだな」

自分のことを思いながら、源五郎は言った。

「それがですね、国許からお妹さんが出ていらっしゃいまして。看病にあたっておられますよ」

「紗枝殿が……」

「さあ、お名前までは聞きませんでしたがね。滅法、お美しいお方でしたね」

勝蔵は言った。

川添の自宅へとやってきた源五郎は、玄関ではなく、裏手にまわった。

裏木戸から中の様子をうかがう。

縁側に川添が座り、紗枝が薬を持ってきた。

「兄上、寝ていらしたほうがよろしいですわ」

紗枝が気遣いを示すと、

「もう、大丈夫だ」

川添は微笑みを返した。

「無理は禁物です」

「まことに大丈夫だ。だから、今夜のうちに旅立つぞ」

「わかりました。今晩なら、やくざ者たちにも気づかれませんね」

紗枝がうなずいた。

「幸い、おまえのおかげで懐《ふところ》は暖かい」

「少しだけですけど、又三郎さまには気の毒なことをしたと思いますわ」

つぶやくように、紗枝は言った。

「なに、あいつはどのみち命を亡くしたのだ。同じことだ」

川添が薄笑いを浮かべ、紗枝もふたたびうなずいた。

ここで源五郎は、裏木戸から中に入り、ふたりの前に姿を現した。

ふたりは戸惑いの目で、源五郎を見返す。

「お風邪とお聞きし、見舞いにまいったのですがな」

源五郎は言った。

「それは痛み入る」

「紗枝殿、天木殿のことは、川添殿からお聞きになったのかな」

源五郎は紗枝に、視線を移した。

紗枝は伏し目がちとなりながらも、

「又三郎さまは逃げてしまわれたとか」

源五郎の胸に、怒りの炎が燃えあがった。

「天木殿は逃げてなどおられません」

すごい剣幕で返したものだから、紗枝は目を白黒させた。

川添の目が緊張を帯びた。

「天木殿は殺されたのですぞ」

「まあ……」

顔をあげ、紗枝は驚きを示した。

「とぼけるのもいいかげんにされよ。紗枝殿は川添殿と組んで、天木殿を殺したのであろう。そして、藩の公金を横領したのは川添殿、その罪を天木殿になすりつけた。そうでござろう、実に汚い！」

源五郎は怒鳴った。

「そのようなこと……」

紗枝は否定しようとしたが、

「そこまで見破られたのなら、しかたあるまい」

川添は紗枝を制した。

「潔《いさぎよ》く罪を認め、奪った金を藩邸に返せ。そして、あらためて天木殿を殺した罪を償《つぐな》うのだ」

源五郎が迫ると、

「お節介な男め。いいかげんにしておかぬと、おまえの命もないぞ」

川添は開き直った。

「やってやろうではないか」

源五郎が刀の柄《つか》に手をかける。

「兄上」

紗枝が心配そうな表情を浮かべた。

「かまわん」

川添は刀を手に、庭に降りたった。続いて、紗枝も懐剣《かいけん》を手に庭に立つ。

「紗枝殿、おやめなされ」

源五郎は言ったが、

「覚悟せよ」

紗枝は目をぎらつかせていた。

やむなく、源五郎は抜刀した。すぐに峰を返し、ふたりとの間合いを詰める。

先に飛びこんできたのは、紗枝のほうだった。

紗枝が振り下ろした懐剣を難なくかわし、右手を柄から放して、

「御免」

と声をかけてから、紗枝の鳩尾《みぞおち》に拳《こぶし》を沈めた。

紗枝は膝《ひざ》からくずれ折れた。

直後、

「死ね！」

雄叫《おたけ》びとともに、川添が斬りこんできた。

大刀を握り直した源五郎は、すばやく一閃《いっせん》させる。

刃と刃がぶつかりあい、火花が散った。

間髪《かんはつ》いれず、源五郎は突きを繰りだした。川添は大刀を下段からすりあげ、源五郎の大刀を掃《はら》いのけた。

予想以上の凄《すさ》まじい斬撃《ざんげき》に、源五郎の大刀は両手を離れ、宙に舞いあがった。

さすがは榛名城下一と評判を取っただけはある。

だが、感心している場合ではない。

大刀を失った源五郎は、川添との間合いを取った。

川添は余裕の笑みを浮かべながら、ゆっくりと近づいてくる。

「観念せよ」

大上段に大刀を構え直し、川添は言い放った。

「観念するのはおまえだ」

源五郎は踵《きびす》を返し、駆けだした。

虚をつかれ、川添は出遅れたものの、すぐに源五郎を追う。

狭い庭のなかを、源五郎はぐるぐるとまわりはじめた。

「待て！」

川添は叫《さけ》びたてる。

当然、待つことなく源五郎は走り続ける。川添も追いすがる。

しかし、源五郎との距離は縮《ちぢ》まらない。徒手空拳《としゆくうけん》で全力疾走《しつそう》する源五郎に対し、川添は大刀を手にしているとあって、なかなかつかまえることができない。

そのうえ、無理な走り方が祟《たた》って、川添の息が切れてきた。

「逃げるとは卑怯、又三郎と同じだな」

息を荒らげながら、川添が喚《わめ》いたところで、やおら源五郎は立ち止まるや振り返り、

「卑怯はおまえだ！」

怒声とともに渾身《こんしん》の力をこめ、右の拳を川添の顔面に叩きこんだ。

またも虚をつかれた川添は、まともに源五郎の拳を受けた。張りだした頬骨が砕かれ、川添は仰向《あおむ》けに倒れた。

「天木殿は逃げはしなかった。おまえと紗枝が、騙《だま》し討ちにしたのだ。公金横領の罪を天木殿に着せ、逃亡したように見せかけた。まこと、卑劣な者よな」

源五郎は川添を見下ろし、糾弾《きゆうだん》した。

喜連川屋敷に出仕すると、恵氏に一部始終を報告した。

「天木又三郎は哀れであったが、源公と知りあったことが、せめてもの慰《なぐさ》めであったな」

　恵氏は天木の冥福《めいふく》を祈って合掌《がっしょう》した。

　源五郎も手を合わせてから、

「川添大和と紗枝は、榛名藩に捕らえられました。横領した金は紗枝に預けてあったそうで、荷物から三百両の金が見つかったそうです。ふたりは国許に戻され、死罪に処せられるとか」

「天木は浮かばれるということか」

「天木殿の名誉《めいよ》は回復され、養子に出されていた弟が、天木家の家督《かとく》を継ぐよう藩が取りはからうそうです」

　霞がかった春空が広がっている。

　春空の下で白雪をいただく榛名山が好きだ、と天木は言っていた。

　源五郎の目には、青空が涙でかすんでいた。

第四話　仮面の悪鬼

一

「大御所さまにお目通り願いたい」

その男は眦《まなじり》を決して、大月源五郎に訴えかけてきた。

出仕しようとやってきた、喜連川屋敷の門前である。羽織《はおり》、袴《はかま》に乱れはなく、歳のころ二十代なかば。血気さかんな若侍といった風だ。

源五郎が視線を向けると、

「拙者《せっしゃ》、公儀徒目付《かちめつけ》・渡会兵庫《わたらいひょうご》と申します」

徒目付は、目付の命令で旗本の行状を探ったり、町奉行所、牢《ろう》屋敷、勘定所、普《ふ》請場《しんば》、養生所などを見まわる。また、目付が遠国《おんごく》に赴《おもむ》くに際し、随行《ずいこう》した。

その徒目付が、恵氏への面談を願っているとは不穏《ふおん》なものを感じる。

そして、その不穏さは、いかにも恵氏の興味を引きそうだ。

「大御所さまへのご用向きは、なんでござるか」

源五郎の問いかけに、

「失礼ながら、直接お話し申しあげたいのです」

その声といい表情といい、切迫《せっぱく》したものが感じ取れる。

「少々、待たれよ」

源五郎は言い置いてから、屋敷の中に入った。

庭先で木刀を振っていた恵氏に向かって、渡会のことを告げると、果たして恵氏はにやりと笑い、

「会ってやろう」

と、中へ入れるよう命じた。

満開の桜が江戸を優美《ゆうび》に彩りはじめた、弥生《やよい》一日のことであった。

源五郎は渡会を伴い、御殿の居間で恵氏と面談に及んだ。

居間で対面するや、

「よけいな挨拶《あいさつ》は抜きといたせ。用向きを申すのだ」

恵氏は命じた。

渡会は一礼してから、

「大御所さまに、退治していただきたい旗本がおるのです」

と、やはり不穏な願いを持ちこんできた。

「退治したいのう……。世の中、そんな者たちばかりだな」

無関心を装いながらも、恵氏の目は輝いている。

「何者なのですか」

源五郎が問いかけると、

「浄土《じょうど》診療所……で、ございます」

渡会は両目をかっと見開いた。

「なんですか、それは……」

源五郎が首を傾《かし》げる。

「直参旗本・里崎備前守《さとざきびぜんのかみ》さまの嫡男《ちゃくなん》、林太郎《りんたろう》さまが主宰《しゅさい》する、怪しげな診療所でございます」

渡会によると、里崎林太郎という男が、向島に診療所を設けたのだそうだ。診療所を開設する以前は広大な別荘で、もっぱら和歌や蹴鞠《けまり》、絵などの風流を愛《め》でていたという。

「別荘には大店《おおだな》の商人どもも出入りしておりまして、風流の幅が広がるようになったのです」

商人たちは林太郎の歓心を買おうと、珍しい文物はもちろんのこと、女を贈ったりするようにもなった。

「商人どもが林太郎さまに取り入るのは、お父上の備前守盛道《もりみち》さまが大番頭《がしら》をお務めであり、林太郎さまのお妹、お春《はる》の方《かた》さまが、上さまの御側室《ごそくしつ》になられたことから、大奥《おおおく》にも絶大な影響力を持つことになるからにほかなりません」

渡会の説明を受け、

「つまり、林太郎さまを通じて、大奥や御城への出入りをかなえたい、というのですね」

源五郎が確かめると、渡会はうなずいた。

次いで目を険《けわ》しくし、

「林太郎さまの行状は、日に日にひどくなる一方でございます。ところが、目付方も、見て見ぬふりをするばかり」

林太郎の行状をつぶさに調べあげてから目付に報告をしたのだが、報告は握り

な」
「目付方は、お父上の備前守さまや、お春の方さまに遠慮をしておられるのです
潰《つぶ》された。

源五郎の問いかけに、

「それもありますが、どうした風の吹きまわしか、如月《きさらぎ》の一日ごろから、林太郎さまは施行《せぎょう》をおこなうようになられたのです。それが、浄土診療所というわけです。浄土診療所は、貧しき者からは診療費、薬料《やくりょう》はいっさい受け取りません。商人から受け取った金品によって、営《いとな》んでおられるとか。つまり、商人から贈られた金品は施行に使われておるということで、以前の不行跡は大目に見られたのです。しかし、わたしは、浄土診療所を営む裏に、なにか大きな企みが隠されていると思えてなりません」

渡会が語り終えたところで、

「そなたの気持ちはわかるが、里崎林太郎が贅沢《ぜいたく》華美な暮らしをしたという理由だけで、浄土診療所が怪しいと勘繰《かんぐ》るのはどうであろうな」

恵氏は疑問を呈してから、源五郎を見た。

源五郎は複雑な気持ちになった。

贅沢華美を厳しく戒《いまし》めているのは、源五郎の主人・松平定信である。

定信が推し進める、質素倹約《けんやく》、贅沢華美の取り締まりに、常日頃から批判的な恵氏であれば、林太郎に肩入れしてもおかしくはない。

「大御所さま、いずれよからぬことが起きるのは必定《ひつじょう》でございます。実際、浄土診療所に奉公していた女中がふたり、死んでしまいました。病《やまい》ということですが、おそらく殺されたものではないかと……」

不穏なことを渡会は言った。

「もし本当ならば、目をつむるわけにはいきませんな」

源五郎が返すと、渡会はわが意を得たようにうなずいた。

「まさしく、由々《ゆゆ》しきことです」

「殺されたと決めつけてよいのか」

恵氏が念押しをすると、

「亡骸《なきがら》は早々に埋葬《まいそう》されてしまったため、証《あかし》はございませんが、間違いないと思います」

どうやら、渡会の勘であるようだ。

渡会を疑うわけではないが、放蕩《ほうとう》を尽くしていた林太郎が急に善行《ぜんこう》をおこなうようになったからといって、悪事を企んでいるとはかぎらない。

渡会に共感する源五郎であっても、そう思う。

徒目付は御家人の身分だが、働きが認められれば旗本に昇進できる。意地悪く考えれば、出世目的で大手柄を立てたいと焦《あせ》っているのかもしれない。

「まずは探索をおこないますか」

源五郎が言うと、

「ぜひとも」

渡会は半身を乗りだす。

「放蕩三昧《ざんまい》が急に善人になったとは、里崎林太郎なる男、なかなか面白そうではないか。よし、まず、その別荘を見てみるか」

恵氏は言った。

「ありがとうございます」

渡会は勢いよく頭を下げた。

明くる二日、恵氏は源五郎を伴って向島へとやってきた。

墨堤《ぼくてい》と呼ばれる大川沿いの堤防《ていぼう》は、桜並木が続いている。満開の桜とあって、大勢の花見客でひしめき、進むことも引くこともままならない。

それでも川風に舞い散る桜の花弁《はなびら》は、人々に笑顔を届けている。

恵氏の小袖《こそで》は、空色地に鮮やかな虹《にじ》が描かれていた。それは、桜にも負けない優美さである。

桜並木が途切れたあたりに、里崎家の別荘、いまの浄土診療所があった。

大川に沿ってかまえられ、敷地は広大である。塀《へい》ではなく生垣を巡らせているところが、堅苦しい武家屋敷と違って風情《ふぜい》を醸《かも》しだしていた。

期待に違《たが》わぬ、手入れの行き届いた風雅《ふうが》な庭を見とおすことができる。目にも鮮やかな芝生や松の緑が、心を癒《いや》してくれた。

「見事な庭でございますね」

感嘆《かんたん》のため息とともに、源五郎は言った。

「取り入ろうとする商人どもの心根が、反映されておるということだ」

恵氏は憎まれ口を叩《たた》いた。

「里崎林太郎の評判を確かめてまいります」

源五郎は道行く者から話を聞こうとした。ところが、恵氏は生垣を乗り越えて、ずかずかと屋敷の中へと入っていく。

「ああ、ちょっと、それは……」

あわてて源五郎は追いかけた。

恵氏に追いついてから、

「大御所さま、無断で屋敷に入るのは、いけません」

源五郎が当然の注意をしたが、

「かまわん」

まったく気にかけることなく、恵氏はすたすたと庭を歩く。

桜が咲き誇《ほこ》り、小判型の池には彩り豊かな鯉《こい》が泳いでいた。芝生の上では孔雀《くじゃく》が羽根を広げており、ところどころに檜作《ひのきづく》りの建家が設けてあった。いまの時節、花見にはもってこいだろう。

実際、建家には、大勢の男や女がいる。

宗匠頭巾《そうしょうずきん》を被《かぶ》った男たちは、絵師や俳諧師《はいかいし》、三味線《しゃみせん》を手にしている女は芸者のようだ。

「なるほど、文化人たちが集まっておりますな。してみると、里崎林太郎は風流を解するようでございます」

「風流を解することを気取っているのかもしれんぞ」

恵氏が言ったところで、

「そなたら」

という野太い声が聞こえた。

声のほうを見ると、数人の侍たちがやってきた。先頭の侍は眼光鋭く、いずれもがっしりとした身体つきである。

「なにをしにまいられた」

侍は厳しい目をして問いかけてきた。源五郎が言いわけを考えていると、

「これは申しわけない。道に迷ったのでござる。このあたりに白髭《しらひげ》神社があり、その近くの料理屋と勘違いしたようだ」

ぬけぬけと恵氏は答えた。まったく悪びれた様子もなく、かといって気取ってもなく、ごく自然な返答は、源五郎もすんなり受け入れてしまったほどだ。

警護の侍たちも真《ま》に受けたようで、

「白髭神社なら、もう二町ほど歩いた先でござる」

親切にも教えてくれた。

「それは失礼いたした。ちなみに、こちらはどなたのお屋敷でござるかな」

恵氏は笑顔で問い直した。

侍たちのなかには、冷笑を浮かべる者もいた。里崎家の別荘を知らぬとは、とんだ田舎侍だと蔑《さげす》んでいるようだ。

「ここは直参旗本・里崎備前守さまの別邸である」

威厳をこめて侍は答えてから、自分はご嫡男の里崎林太郎さまの警護頭、久本《ひさもと》君平《くんぺい》だ、と名乗った。

「そうでござったか。いや、これは失礼いたした。拙者は北川と申す。これでも直参の端くれ。これにおるは、道場で同門の大月殿だ」

恥じ入るように恵氏は頭をかき、源五郎を紹介した。

久本は薄笑いを浮かべ、

「気になされるな。ときどき、おられるのでござる。ここを料理屋やら寺やらと間違えて入ってこられる御仁《ごじん》が」

「さもあらん。実に風雅な庭でござるな。里崎殿の趣味ですかな」

「嫡男の林太郎さまが、いたく風流を解するお方でな」

「いや、眼福《がんぷく》でござりました」

恵氏はくるりと背中を向けた。源五郎も軽く一礼して立ち去ろうとした。

「二度は許しませんぞ」

久本は野太い声で警告した。いかにも今回は見逃《みのが》してやると言わんばかりである。

「承知」

短く答えた恵氏は足早に歩きだし、源五郎も追いかけた。

二
「大御所さま、大胆なことをなさいますな」

いつもながらのこととはいえ、源五郎が危惧《きぐ》すると、

「別に思いきったことをしたわけではないぞ。誰であれ、道に迷うことはあるものだ」

けろっと恵氏は笑い飛ばした。

案の定の答えに、これ以上の反論は無駄だ。

「ともかく、里崎林太郎の素顔を暴かねばなりません」

源五郎がそう言いきると、

「そのためには、別荘の中に迷いこむくらいでは駄目だな」

恵氏は顎《あご》をかいた。

ひとまず、門前の茶店でひと休みすることにした。

茶と桜餅《さくらもち》を頼み、なにげなく周囲を見まわす。行商人風の男たちのやり取りが聞こえてきた。

「里崎さまのお屋敷は、たいした施《ほどこ》しをなさっておられるそうだね」

「ほんと、奇特なことだよ」

行商人たちは、さかんに林太郎を誉《ほ》めそやしていた。

恵氏が源五郎に目配せをする。

源五郎はうなずき、行商人たちに近づいていった。

「そこのお屋敷だろう。里崎さまのお屋敷は」

気さくな様子で問いかけた。

行商人たちは一瞬、口を閉ざしたが、源五郎が満面の笑みをたたえると、

「それはもう評判がようございますよ」

年配のほうが答えた。

もうひとりが、

「生き仏さまだと評判です」

「どんな施しをなさっておられるのだ」

「近頃、このあたりで火事があったのですけど、焼けだされた者たちに炊《た》き出しをしてやり、いくらかの銭まで配ったとか」

「それはできたお方だな」

感心する源五郎に、行商人は言葉を重ねた。

「しかもですよ、そうした場合、焼けだされてもいないのに、銭や飯にありつこうって輩《やから》が出てくるものですよ」

「それはそうだな」

源五郎がうなずくと、

「それが林太郎さまは、そんなひでえ野郎たちが混じっていようが、困った者がいる以上、かまわず施してやれと、実に寛大《かんだい》なお心で施行を続けたのですよ」

年配の男が林太郎を賞賛し、

「ほんと、仏さまのようなお方ですよ」

若い男も目を輝かせた。

それからも、ひとしきり行商人たちは林太郎の善行を語り、店を出ていった。

「たいした善行を施しているようですね」

源五郎は、恵氏に向いた。

「なにが狙《ねら》いなのだろうな」

黙って聞いていた恵氏が、茶をこくりと飲んだ。

「それまでの悪評を誤魔化《ごまか》す、といったところでしょうか」

「それもあろうがな。それにしては度が過ぎる」

恵氏は納得していないようだ。

「なにか別に狙いがあると……」

「大きな悪事を隠すために、小さな善行を積み重ねるということかもしれんぞ」

「悪事ですか」

「人は反省したくらいでは変わらん。天邪鬼《あまのじゃく》なおれゆえの考えなのかもしれんがな」

恵氏はにんまりとした。

だが、恵氏の勘は侮《あなど》れない。天邪鬼なだけとは、とても思えなかった。

「油断なく見張る必要がありますね」

「そんなことはあたりまえだが、毎日、見張ることはできんぞ」

「たしかにそうですが」

思案する源五郎をよそに、

「ま、よい」

恵氏は立ちあがった。


その日の夜、恵氏は喜連川屋敷の居間に、美代を呼んだ。

「里崎林太郎を探ってまいれ」

経緯《いきさつ》を伝え、最後に恵氏が命じると、

「大御所さま、その里崎林太郎のことが、よほど気にかかりますか」

「悪党が善行を施すとき……それは、大きな悪事を働く前触れだ」

恵氏が持論を披露する。

「仏心が起きたとはお思いになりませんか」

美代は反論を加えた。

「それならそれでよい。しかし、里崎の浄土診療所に奉公にあがっていた女中が、ふたり死んでいることは事実だ。その真相をあきらかにしなくてはならん。旗本屋敷に、町方は立ち入れぬ。今回は、北町奉行所の本浦八右衛門を使うわけにはまいらぬからな」

これには美代も異論をとなえず、目を輝かせた。

探索――。

喜連川家に仕える忍び、「影猫」の棟梁の意地と誇りが疼《うず》いたようだ。

「ごもっともでございます」

張りのいい声で、美代は返事をした。

「女中として入りこむか」

「それが最善かと思います。いま里崎屋敷では、大勢の女中を雇い入れておるようなのです」

「なんだ、すでに口入屋《くちいれや》を調べていたのか。さすがは美代、手まわしがよいな」

「大御所さまが浄土診療所にお出かけになると知り、念のため調べておきました。それくらいの気配りはあたりまえでございます」

「それにしても、女中を大勢雇い入れておるとは、診療所が多忙《たぼう》ということか」

恵氏は真顔になった。

「増築をしたのだそうです。従来の病棟に加えて、新しい棟を建てたのだとか」

「浄土診療所が開設されたのは、如月のはじめころだと、徒目付の渡会は申しておった。ひと月あまりで増築とは……。焼けだされた者への施しといい、なにを考えておることやら」

「貧しき者たちに、無償《むしょう》で診療や薬を与えるばかりではありません。若くて優秀な医者を召し抱え、実績を積めば長崎《ながさき》へ留学をさせてやるのだそうです」

「それは、まことと、よきおこないではないか。里崎林太郎という男、案外と頭が切れるのかもしれんな。そして……」

これまでに出会ったことのない悪党かもしれん、と恵氏は言い添えた。

恵氏の言葉に、美代は表情を引き締める。

「たしかに、手強い敵となるかもしれません。かならずや、里崎林太郎の正体と狙いを探りあててみせます」

恵氏の期待に応《こた》えようと、美代は目をしっかりと見開いた。

十日の朝、美代は里崎の向島屋敷に、女中として奉公にあがった。

新たに雇い入れられた女中が十人ばかり、庭に並んだ。女中を束ねる梅代《うめよ》という女が出てきた。

「みな、これから存分に働いてもらいます。このお屋敷の奉公は厳しいものですが、若さまの尊《とうと》いお志《こころざし》に、感銘《かんめい》と共感を受けた者ばかりが働いております。そのことがわかれば、奉公する喜びが感じられましょう」

梅代が見まわした。

みな、目をきらきらと輝かせながら聞き入っている。

「もちろん、ちゃんとお給金は払いますから、心配いりませんよ」

安心させるように梅代は言った。

みなから笑いが起きる。

「患者《かんじゃ》さんの世話、掃除、食事の支度、そんなに難しいことはありません。ただ、患者さんのために役立つのだという気持ちを持って、働いてくださいね。みなさんの気持ちは、患者さんに伝わるものです」

そこで梅代はいったん言葉を切り、

「それから、注意してほしいことがあります」

調子をあらためた。みなの顔に緊張が走る。

それを確かめてから、

「みなは、浄土診療所の旧病棟で働いてもらいます。旧病棟と言っても、建ってひと月ほど。新病棟は『極楽病棟』と呼んでおりますが、そこは人数が足りておりますから出入りすることはありません。また、お屋敷の中を勝手に歩きまわらないようになさい。いいですね」

梅代は厳しい声音《こわね》を発した。

そこへ、侍が数人やってきた。

「警護のご家来衆です」

梅代が紹介すると、ひときわがっしりとした身体つきの男が、

「警護頭、久本君平である。近頃、若さまの施行をいいことに、不穏な輩が診療所や別荘内に忍びこみ、金品を奪っておる。我らも目を光らせておるが、そなたらも不審な者を見かけたら、すぐに通報せよ」

みな、いっせいに首を縦に振った。

美代は恵氏から、この久本という男のことを聞いていた。

「では、仕事を割り振りますね」

梅代はひとりひとりに持ち場を伝えた。美代は、庭の草むしりと掃除をあてがわれた。

ともかく、最初のうちは真面目に働こう。

美代は箒《ほうき》を手に、掃除をはじめた。

建家には、患者たちが大勢詰めかけていた。みな、林太郎への感謝の言葉を口にしている。

まわりを見まわすと、竹林があり、その向こうは御殿に繋《つな》がる庭が広がっているようだ。反対側、旧病棟の裏手には黒板塀《くろいたべい》が続いていた。黒板塀の向こうに、新設された極楽病棟があるようだ。

極楽病棟……。

なんとも気にかかる名称である。

浄土診療所といい、耳障《みみざわ》りはよいが、虚飾《きよしよく》に包まれているような気がする。

梅代は勝手に屋敷内を歩きまわってはならないと言っていたが、それをしないことには探索の意味がない。

美代は通いではなく、住みこみという条件で奉公にあがっていた。夜ならば、こっそりと抜け出て屋敷内を探すことができるだろう。

すると、

「若さまですぞ」

梅代の声がした。

患者たちが正座をする。

「よい、わしに遠慮することはないぞ」

久本を伴い、やってきた林太郎は、意外にも粗末な木綿の小袖によれた袴という素朴《そぼく》な身形《みなり》であった。やわらかな笑みをたたえた面差《おもざ》しは、いかにも慈愛《じあい》の深さを感じさせる。

「ご苦労だな、かまわん。仕事を続けてくれ」

奉公人たちにも声をかけていく。

温和《おんわ》な表情の林太郎とは対照的に、久本は油断なく周囲に目を光らせていた。

三

美代が抱いた林太郎の第一印象は、意外なことに好ましいものであった。

とても、わがまま勝手な若さまには見えない。いや、むしろ優しさと誠実さに溢《あふ》れているように思えた。

患者や奉公人、ひとりひとりに声をかける様は、まさしく慈愛に満ちていた。

厳しい顔を崩さない久本が横に控えているだけに、林太郎の優しさは際立っている。決して、うわべだけの偽善《ぎぜん》ではないような気がした。

林太郎は庭に下り、ふと美代の前で止まった。

美代は両手をついた。

「よい、仕事を続けよ」

慈愛のこもった声をかけてきたと思うと、

「そなた、今日より奉公にあがったのだな」

「はい。美代と申します」

美代は挨拶をした。

「美代、患者のために働いてくれよ」

「お役に立てるよう頑張ります」

美代は心の底から返事をした。

久本は、射抜くような目で美代を見ている。久本には視線を向けず、ひたすら林太郎を見あげ続けた。

林太郎はうなずいて立ち去った。

それからも美代は、ひたすら掃除に励んだ。

奉公の仕事を終え、台所で食事をした。味噌汁《みそしる》に茄子《なす》の煮付け、漬物《つけもの》が添えてあった。ここでは、医者も奉公人も一緒に食事をする。若い医者が三人、美代たちに混じって同じ物を食べていた。みな、瞳をきらきらとさせ、熱心に患者への治療や医薬の煎《せん》じ方を夢中になって語っている。

熱心な医者たちである。

そこへ久本も加わった。久本は終始無言で食事をした。奉公人や医者たちのやり取りを監視しているようである。

陰険な久本の存在は癇《かん》に障るが、美代は診療所で働くことの使命感が湧《わ》いてきた。

その晩、美代は診療所内に設けられた長屋に通された。

三畳二間に、四人が寝泊まりする。蒲団をふたつ敷くと足の踏み場もないが、室内は清潔《せいけつ》で簡素、寝泊まりする分に不満はない。

美代と相部屋になった女は、お雅《まさ》という娘であった。

上総の百姓の娘だそうで、ひと月前から奉公にあがっているという。

蒲団を並べて敷いてから、

「国許《くにもと》を離れて寂しくないの」

美代が問いかけた。

「寂しくないですよ。だって、あんなにもすばらしい若さまや、お医者さまたちの下で働くことができるんですもの」

誇らしそうにお雅は返し、寝る前にと、美代のために茶を淹《い》れてくれた。

「ほんとよね」

美代も賛同して茶を飲んだ。

一杯の茶で、心がなごんだ。

初対面とあって交わす話題もなく、美代とお雅は早々に蒲団に入って両目を閉じた。

美代はお雅が眠りにつくのを待ち、長屋から抜けだして屋敷内を探ろうと思っていた。しかし、昼間の仕事が思いのほかこたえたようで、目を閉じた途端に睡魔《すいま》が襲ってきた。

ほどなくして吸いこまれるように、眠りに落ちた。

明くる十一日の朝、目が覚めた美代はすがすがしさを感じた。今日も働くぞという気になる。

「おはようございます」

お雅が挨拶をしてきた。

「おはようね」

快《こころよ》く美代も応じた。

今日の美代は、台所が持ち場となった。食事ができる患者には、握り飯もしくは粥《かゆ》を提供するということだ。

まさしく至れり尽くせりである。

米を炊《た》き、味噌汁を作った。目まぐるしく働いていると、ふと声が聞こえた。

「これ、お雅、しっかりなさい」

梅代がお雅を叱責《しっせき》していた。

「す、すみません」

どうやら、任されていた鰯《いわし》の焼き物を焦《こ》がしてしまったようだ。

「もったいないことをするんじゃありませんせん」

梅代のきつい言い方に、

「ほんとにすみません」

泣きそうになって、お雅は答えた。

なおも厳しい言葉を浴びせてから、梅代は台所から出ていった。

「大丈夫」

美代は、お雅の近くに寄った。

「あたし、のろまだから」

お雅は泣きべそをかいていた。

「大丈夫よ。焦ることないよ」

そう励まし、鰯の焼き物を手伝った。お雅は額に汗して懸命に働き、食器を洗った。

その日も終わり、食事の時間となった。

すると、お雅が焦がした鰯が、大皿に盛られた。

「お雅はこれを食べなさい」

梅代に言われ、

「いただきます」

文句を言うこともなく、お雅は焦げた鰯に焦げた飯を食べる。

「わたしも、これをいただきます」

美代も箸《はし》を伸ばした。

「あなたは食べなくていいのよ」

梅代は言ったのだが、

「いいえ、わたしも食べます」

焦げた鰯を茶碗に取り、その上から焦げた飯をよそった。

「ごめんなさい」

責任を感じたようで、お雅が消え入るような声で謝る。

美代はにっこりと微笑《ほほえ》み、急須を取ると、茶を飯にかけた。

みな、おやっとした顔になった。

「いただきま〜す」

あえて明るく言って、美代はご飯と焦げた鰯をかきこんだ。

「美味《おい》しい」

満面の笑みを浮かべる。お雅も美代にならって、茶漬けにした。

すると、若い医者のひとり、大野順道《おおのじゅんどう》が、

「どれ、わたしも」

焦げた飯に焦げた鰯、それに茶をかけて食べはじめた。

「うまい」

大野は破顔した。

たちまちにして、なごやかな雰囲気となった。

その夜、長屋に戻った美代は、お雅から感謝の言葉を述べられた。

「美代さん、本当にありがとうね」

「いいのよ。だって、本当に美味しかったんですもの」

美代は快活に返した。

「美代さんに教わって、焦げたご飯を美味しくいただきました。わたしの失敗を助けてくれて、本当にありがとう」

あらためて、お雅はこくりと頭を下げた。

お雅が淹れてくれた茶を飲み、昼間の話もそこそこに寝床に入った。

「梅代さんって、怖いね」

美代が言うと、

「とっても厳しくて、わたしなんかのろまだから怒られてばっかり」

お雅はしょげた。

「大丈夫よ」

「でも……」

美代の励ましにも、お雅は心配そうな顔を崩さない。

「お雅ちゃんは一生懸命働いているし、そのことを診療所のみんなもわかっている。梅代さんだって、お雅ちゃんの一生懸命さはわかっているはずよ。この診療所は、真面目に働くことの大切さを思ってくれるでしょう」

「そうなんだけどね」

それでもお雅は不安そうだ。

梅代からの叱責を、必要以上に心配しているように見える。

なにかありそうだ。

「ほかにも、心配なことがあるんじゃないの」

美代は優しく問いかけた。

「いえ」

曖昧《あいまい》にお雅は首を横に振る。

「話して」

「なにもないの」

「いいじゃない。誰にも言わないから」

美代が、お雅の肩を優しく抱いた。

「ほんと、黙っていてね」

お雅は念押しをしてから、

「この診療所で働いていた女中さんがふたり、死んだの」

問題の女中たちのことだ。美代はどきりとしながら、静かにお雅の言葉を待った。

「ふたりは診療所で働いていたんですけど、わたしみたいなのろまで、よく梅代さんに怒られていたんです。だから、わたしも……」

お雅はぶるぶると震えた。

「梅代さんに叱《しか》られたら、死ぬってこと？　梅代さんは、ふたりの死因をなんだって言っているの」

美代が尋ねると、

「病だって」

「ふたりは病がちだったの」

「そんなことないわ」

「相次いで亡くなったの」

「今月の一日と三日に……」

「診療所のお医者さまは、なんとおっしゃっているのかしら」

「なにも……みなさん、何事もなかったように過ごしておられます。だから、よけいに怖くて、本当に怖くて」

お雅は蒲団を頭から被った。

この診療所の人間は、生真面目にときに和気藹々《わきあいあい》と仕事をしながら、仲間であったふたりの女中が死んでも無関心でいる。

「美代さん、わたし、辞めようかな」

蒲団の中から、お雅の声が聞こえた。

「真面目に働いていれば認められるよ」

「そうかな」

「お雅ちゃんが真面目なこと、みんなはよくわかっている」

もう一度繰り返して、美代は励ました。

今夜こそ、お雅が眠ってから探索に出ようと思ったが、睡魔に逆らうことができず、またもや眠りに落ちてしまった。

四

十二日の朝、目が覚めると、部屋の中にお雅の姿がなかった。ずいぶんと早起きだと思い、美代も身支度を整えた。

長屋を出て、診療所へと向かう。

すると、医者が悲しげな顔をしていた。奉公人たちも、ぱらぱらと集まってきた。周囲を見まわすが、お雅はいない。

梅代を見つけると、

「お雅ちゃんはどこですか」

美代が問いかけると、梅代は悲しげに目を伏せた。

「お雅ちゃん……かわいそうに、亡くなったのよ」

梅代は言った。

「ええっ、死んだって。どういうことですか」

美代は大きく目を見開いた。

「わたしも言いすぎたのかもしれないわ」

梅代は悔《く》いるように、唇を噛《か》んだ。

「まさか、梅代さんに叱られてばかりで、思いあまって自害してしまったのですか」

つい、責めたてるような口調になった。梅代は小さく首を横に振り、

「自害ではなくてね、逃げだそうとしたの」

「逃げた……それで、どうして死んでしまったのですか」

「それがね……」

梅代によると、浄土診療所の庭には、夜中になると犬が放し飼いにされているという。この診療所に忍びこむ不届きな盗人《ぬすっと》に備えてのことだそうだ。

「犬たちに吠《ほ》えかかられたようです」

梅代は言った。

浄土診療所から逃げだそうとしたお雅は、夜中に庭を横切った際、犬たちに吠えかかられた。お雅はあわてふためき、闇《やみ》のなかを逃げだした結果、

「井戸に落ちてしまったのです」

梅代は肩を落とした。

そんなことがあるのだろうか。

美代の胸に疑念が渦巻く。

「これまでに、お雅ちゃん以外にも、ふたりの女中さんが亡くなっていると聞いているんですけど」

美代が尋ねると、

「そうなの。ふたりともね、患者さんを熱心に看護していてくれたのよ。だから、それが裏目に出たというか、患者さんの病がうつってしまったの」

梅代は諭《さと》すようにして言った。

「どんな病だったのですか」

「美代ちゃん、同じ部屋のお雅ちゃんが亡くなって取り乱しているのかもしれないけど、心配することはないわ。ここで、しっかり頑張っていればね、世の中に役立つし、それに、若さまは報《むく》いてくださるの」

梅代の言葉は優しげだが、目は鋭い光を帯びていた。

「は、はい」

はっとして、美代はうなずいた。

「さあ、今日もしっかりと奉公しましょうね」

梅代はにっこり微笑んだ。

台所に入ってみると、みな、お雅が死んだことなどなかったように働いている。

若い医者の大野順道が通りかかった。思いきって美代は語りかけた。

「お雅ちゃんは気の毒でした」

大野は苦い顔を返した。

「本当に井戸に落ちたのですか」

美代が疑問を投げかけると、

「ええ……どういうことだ」

「逃げだして、犬に吠えかかられて井戸に落ちたなんて、なんだか信じられなくて」

「実際、何人かで井戸からお雅の亡骸を引きあげたのだから、間違いないよ」

大野は、はっきりと言った。

「では先頃、亡くなられたおふたりの女中さんは、どんな具合だったのですか」

美代の問いかけに、大野は視線を逸《そ》らした。

「患者さんの病がうつったと梅代さんからは聞いたのですが、どのような病だったのですか」

「それは……」

「言えないのですか」

「そんなことはない」

強い口調で、大野は否定した。

「では、教えてください」

「その前に、そなたはどうして知りたいのだ。亡くなった者たちの縁者なのか。それとも……」

大野は言葉を止め、美代を見返した。

それとも、浄土診療所を探っているのか、と疑っているようだ。

怯《おび》えたように美代は身をすくめてから、しっかりと両目を見開き、

「だって……心配じゃありませんか。わたしはこれから、患者さんの面倒をみようとしているのですよ。注意すべきことを教わるのは、当然だと思います。医者が病で倒れてしまっては、本末転倒ですもの。ですから、おふたりがどんな病で亡くなったのか、知っておきたいのです」

「なるほど、もっともだな」

受け入れてくれたのか、大野は表情をやわらげた。

「教えていただけますか」

すると、大野は周辺を見まわし、

「いまは忙しい。暮れ六つ、稲荷《いなり》の祠《ほこら》で会おう」

いかにも秘密めいた態度に、俄然《がぜん》、美代は好奇心を抱いた。

「わかりました」

「くれぐれも内密にな」

念押しをする大野に、美代はしっかりと首肯《しゅこう》した。


暮れ六つ、裏の稲荷の鳥居前に美代がやってきたときには、すでに大野は待っていた。その顔は険しい。

「亡くなったふたりなのだが」

大野は切りだした。

美代は固唾《かたず》を飲んで、大野の言葉を待った。

「誤って毒を飲んだのだ。鼠退治用《ねずみたいじ》に置いてある石見銀山《いわみぎんざん》をな」

早口に大野は言った。

なんだそれは……。

患者の病がうつったわけでもなく、誰かに殺されたわけでもなく、事故だというのか。

もっと、くわしい話が聞きたいと思い、美代が黙っていると、

「うっかり、煎じ薬と間違えたのだ」

大野はそう繰り返した。

「ふたりともですか」

疑わしげな目で見返す。

「そうだ。迂闊《うかつ》といえば迂闊。それ以来、薬の置き場所、管理は入念におこなっている」

大野は言いわけめいた口調で続けた。

「本当ですか」

「疑うのか」

強い口調で大野は返した。

「いえ、そういうわけでは……ただ、それが本当ならば、むしろ不安なのです。わたしも間違えてしまうのではないかって」

「だから、いままでは誰も間違わないよう、別々の部屋に分けて置いてある」

心配いらぬ、と大野は言い添えた。

　ふたりがともに、煎じ薬と石見銀山を間違えて飲むなんて、やはり疑わしい。大野は、なにかを隠しているに違いない。

「わたしにできることがあれば、いつでも相談に乗るから言ってくれ」

　美代の不安や不満を打ち消すように、大野は笑みを広げた。

「お願いします」

　礼を言って立ち去ろうとしたが、ふと立ち止まった。

「新しくできた極楽病棟がございますね」

「あるな」

　今度はなんだ、と大野は警戒して身構えた。

「どういう患者さんがいらっしゃるのですか」

「重き病の患者ばかりだ」

「重いといいますと、労咳《ろうがい》のような不治《ふち》の病ですか」

　この美代の問いかけには答えず、

「そなたが極楽病棟の担当になることはない。あそこへは、看護の修練を積んだ者のみが使わされる」

　大野は一気にまくしたてた。

「わたしも将来はお役に立ちたいのです。ですから、いまから知っておきたいのです」

「その必要はない。極楽病棟の担当になれば、梅代殿から教わるだろう」

「ひょっとして、表沙汰《おもてざた》にできないのでしょうか」

「そうではない。あそこにはな、そなたが考えたように、不治の病を患《わずら》った者が収容されておる。もはや医療の施しようがない患者たちだ。当然、患者の身内には、大きな負担がかかる。それを若さまはこの屋敷に引き取られ、死を見取ってやろうと、慈悲《じひ》深くお考えなのだ。どんな難病を患おうと極楽へ逝《い》けるように、となと」

大野は遠くを見るような目つきとなった。

「まこと、できた若さまでございますね」

それでもまだ、美代は半信半疑な思いに駆られていた。

大野の説明はもっともで、里崎林太郎の患者と接する態度も、慈愛に満ちている。だが、お雅を含む三人の女中たちの死がどうしても引っかかり、鵜呑《うの》みにはできない。

恵氏ならば、

――そんな奇特な者などおるものか。

と、一笑に付すかもしれない。

「ああいうお方の下で、医療を役立たせ、かつ学ぶことができるとは、我らはまこと幸せだと思っておる」

そう言いながら、大野の表情は、どこか悲しげに見える。美代の思いこみなのか、それとも大野自身もやましさを感じているのだろうか。

「大野先生は、若さまの慈悲深い心に打たれて、この診療所に勤められたのですか」

「それもあるが、診療所で一年の間、しっかりと働けば、長崎留学をさせてもらえると聞いてな……。しかし、いまは長崎留学よりも、目の前の患者にために尽くしたい」

美代に言っているのだが、大野は自分自身を納得させるようでもあった。

「奉公にあがることができて、わたしも幸せです」

美代の言葉を、

「不安や疑問は解消できたようだな」

うまい具合に受け取り、安堵《あんど》したように大野はうなずいた。

「思いきって、大野先生に疑問をぶつけてよかったです。ありがとうございました」

美代は深々と腰を折って、その場から立ち去った。

長屋に戻った。

昨日まで一緒であったお雅が死に、三畳という狭い空間が広く感じられる。

「お雅ちゃん、ごめんなさい」

自分はお雅の苦しみを受け止められなかったのだと思えて、しかたがない。林太郎の施行は、どこまで本当なのだろうか。

恵氏ならばどう言うだろうと、やはり考えてしまう。

美代は悶々《もんもん》とした夜を過ごした。

五

明くる十三日の朝のこと。

喜連川屋敷――。

「美代殿は大丈夫でしょうか。文《ふみ》の一通もないというのでは心配です」

御殿の居間で、源五郎が恵氏に問いかけた。

「おまえが気を揉《も》んだところで、どうにもならんぞ」

予想どおりとはいえ、恵氏の返事はつれない。

言葉の継ぎ穂を失って、源五郎は黙ってしまった。恵氏もしゃべらないため、空気が沈滞《ちんたい》し、気詰まりな状態となった。

さすがに恵氏も気が咎《とが》めたのか、それとも重苦しい雰囲気を嫌ったのか、

「よもや美代がしくじったとは思えぬ。文が届かないのは、診療所のほうで調べられるから出せないのであろう」

「そう考えていいのでしょうか。ひょっとして美代殿の身に、なにかよからぬことが起きてしまったのではないでしょうか。診療所で患者の病がうつり、寝こんでおられるとか、探索が見つかり牢に押しこめられ……。ああ、そうだ、拷問《ごうもん》を受けておるとか」

源五郎は無闇と両手をばたばた動かし、両目をかっと見開いた。太い眉《まゆ》が寄り、達磨《だるま》のような顔が際立つ。

恵氏は舌打ちをして、

「源公、おまえはどうして物事を、悪いほうにばかり考えるのだ」

「悪いほうではなく、心配なのです」

「だから、ここで心配したところで、しかたがないと申しておろう」

「ならば、わたしも浄土診療所に行ってみますよ」

源五郎の申し出を、

「おまえが行ったところで……」

と、ここまで恵氏が言ったところで、

「行ってきます！」

声高らかに宣言してしまった。美代のこととなると、恵氏相手でもつい、むきになってしまう。

無礼を詫《わ》びてから、

「絶対に、尻尾《しっぽ》をつかまれるようなへまはしません」

と強い口調で言う。

源五郎の決意が固いと見たのか、

「まあよい。ともかく、様子を見てくるのだな。それで気が済むのなら行ってまいれ」

恵氏は受け入れてくれた。

「任せてください」

さっそく、源五郎は恵氏の下を辞去《じきょ》すると、林太郎の診療所へと向かった。


昼下がりとなって、源五郎は浄土診療所へとやってきた。

旧病棟には、評判を聞きつけた者たちが大勢、詰めかけていた。三十畳の待合を占めるのは、庶民ばかりである。

源五郎のような侍はひとりであった。

待合に座って、美代の姿を探した。残念ながら美代の姿はない。

じっと、順番を待ち続ける。

待っている間、患者たちは林太郎への感謝の言葉を並べたてていた。四半刻《しはんとき》ほどして、源五郎が呼ばれた。

診療室に入ると、若い医者がいた。医者は大野と名乗ってから、

「いかがされましたか」

親切そうな笑顔で問いかけてきた。

源五郎は羽織を脱いで脇《わき》に置き、

「なんだか、頭が痛いのでござる」

と、頭を手で押さえた。

わざとらしくて、仮病を疑われたかと危惧したが、

「それはいけませんな。頭痛というと、どのような痛みですか。ずきずきとか、鋭いとか……」

大野は誠実に診療にあたってくれる。

「ええっと……そうですな、ずきずきというか、ちくちくというか、どおんというか」

悩ましそうに説明をしたが、仮病だけにさっぱり要領を得ない。

案の定、

「よくわかりませんな」

困ったように、大野は首を左右に振った。

「すみません」

源五郎がぺこりと頭を下げる。

「いや、謝ることはないですよ。では、熱はありますかな」

大野は手を、源五郎の額に伸ばした。額にひんやりとした手の触感がした。

「熱はないようですな。咳《せき》はいかがですか」

「そういえば……」

咳をごほんごほんとしてみせる。さすがにやりすぎたかと心配になったが、依然として大野は疑う素振《そぶ》りを見せることなく、

「寒気はいかがですかな」

「それはありません」

「風邪をひいたのではござらんか」

「いや、このとおり元気です」

胸を張ってから、

「あ、いや、頭が痛いですから、やはり、風邪なのかもしれません」

あわてて源五郎は取り繕《つくろ》った。

「では、お脈を拝見」

大野に言われ、源五郎は右腕を差しだし、着物の小袖をまくった。現れた腕は丸太のようで、とても病人には見えない。

それでも大野は慎重かつ入念に、脈を取ってくれた。仮病を診療してもらっていることに、なんだか罪悪感を抱いてしまう。

「いや、もう結構でござる」

「申しわけない。わたしの診療が至りません」

大野に頭を下げられ、

「とんでもござらん。親切に診《み》てくださり、感謝いたします」

源五郎は申しわけなさそうに言い添え、礼を述べてから診察室を出た。

待合に戻ると、美代が患者たちに茶を配っていた。美代らしく快活な様子で患者ひとりひとりに、労《いた》わりの言葉をかけてまわっている。

源五郎と目が合っても美代は平生《へいぜい》どおりに、

「どうぞ」

と、湯飲みを手渡してきた。

「かたじけない」

源五郎は受け取ってから、

「厠《かわや》はどちらでござるか」

美代はわずかに目元を引き締めてから、

「この建家の裏手にあります。わたしも、裏に用事がございますから、ご案内しますよ」

と、機転を利かせてくれた。

源五郎は美代の案内で、裏手にやってきた。畑が広がり、黒板塀が連なっている。周囲に誰もいないことを確かめてから、

「大御所さまも大変に心配をしておられますぞ」

もちろん自分もだという言葉を飲みこんだ。美代はにっこり微笑んでから、

「わたしは大丈夫です。ここは、文の類《たぐい》は厳しく中身を検《あらた》められますので、出すことはできません」

「やはりそうでしたか。して、なにかわかりましたか」

「里崎林太郎がなにか企んでおるのかはわかりませんが、ふたりの女中さんに続き、先日もひとりが死にました」

お雅が死んだときの様子を、美代は語った。

「犬に吠えられて井戸に落ちたとは、いかにも不審ですね」

源五郎が首をひねる。

「それと、この板塀の向こうには、重病患者専用の病棟……極楽病棟があります。そこには、死を控えた患者ばかりが収容されているのです。家族ももてあます患

者たちを極楽へ逝けるよう、若さまが引き取っておられるのだとか」

「まさしく、慈愛深きお方でございますな」

皮肉《ひにく》混じりに源五郎が言うと、

「実際、接してみると、若さまは笑顔を絶やさない、とても心根の優しきお方にしか見えないのです」

語ってから、それだけに、素顔はさぞ恐ろしいのでは、と美代は身震いした。

「美代殿、もう、抜けられたほうがよかろう。極楽病棟は、わたしが探ります。これ以上は危険ですぞ。大御所さまも承知くださると存じます」

「お気遣《きづか》いありがとうございます。でも、極楽病棟は、なんとしても探りとうございます。あそこには若さまの本当の顔があると思うのです。わたしはそれを、自分の目で確かめたいのです」

美代は決意のこもった目をした。

愛くるしい黒目がちな瞳が、このときばかりは腕利き間者《かんじゃ》のように鋭く凝《こ》らされた。まるで、くのいちである。

まさか、美代が女忍者のわけがない、と源五郎は頭の中で否定した。機転が利き、頭のよく、そして肝《きも》の据《す》わった男勝《おとこまさ》りの娘なのだ。

それだけに探索にのめりこむのは危ない。

「危険です。おやめなされ」

「虎穴《こけつ》に入らずんば虎子《こじ》を得ず、ですよ」

美代はにっこり微笑んだ。その笑顔が、源五郎の目には眩《まぶ》しい。美代の決意を変えることはできそうにない。こうなったら、無事を祈るだけだ。

「くれぐれも、お気をつけて」

念押しをしてから、源五郎は厠へと向かった。


旧病棟へと戻った美代は、待合に入ろうとしたところで梅代に呼び止められた。ぎくりとしたが、笑顔を崩すことなく、梅代に向き直った。

「いまのお侍と知り合いなの」

梅代は探るような目を向けてくる。

「そんなことありませんけど」

「あらそう。裏庭でずいぶんと親しそうに話しているようだったけど」

「そんなふうに見えましたか」

盗み見とはひどいじゃないかという、若干の非難を目にこめた。微塵《みじん》も動ずることなく、梅代はいっそう厳しい目を向けてきた。なにを話していたのだと聞きたいようだ。

「あのお侍さまは、浄土診療所に大変、興味を抱かれたのです。無償で患者を診るなどとは信じられぬと、さかんに感心しておられました。わたしは、若さまの慈悲深さをお話し申しあげました」

「それで、お侍は納得されたのですか」

「若さまのことを尊敬なさっている様子でしたわ」

「それならよいのですが、どうも、この診療所を敵視する者たちがおるようなのです。ですから、そうした者たちに、よけいなことを話さないよう気をつけなさい。久本殿も申されておったでしょう。間者や盗人が忍びこんでまいると。くれぐれも、用心を怠《おこた》ってはいけませんよ」

梅代は叱りつけるような口調で念押しをした。

「わかりました」

素直に首を縦に振った美代を信用したのか、梅代はそれ以上、追及してこようとはしなかった。

「あの……わたし、極楽病棟で働きたいのですが」

ふと、美代は申し出てみた。

「あそこは間に合っていますから、その必要はありませんよ。それに、極楽病棟で働くには、もう少し働いてからでないといけません」

梅代はさらりとかわした。

「ですが、働きたいのです」

目を凝らし、美代は訴えた。

「駄目です」

にべもなく梅代は断った。

なおも頼みこもうとしたが、

「さあ、浄土診療所には、大勢の患者さんがいらっしゃいますよ。それから、くれぐれも申しておきますが、勝手に極楽病棟には行かないように」

きつく釘《くぎ》を刺してから、梅代は立ち去った。

六

夕刻、源五郎は喜連川屋敷に戻り、恵氏に美代と会ったことを報告した。

「すると、極楽病棟が怪しいのだな」

恵氏の問いかけに、

「おそらくは……ですから、その病棟にわたしも忍びこもうと思っております」

源五郎は決意を示した。

「そこになにがあると思う」

「わかりません。しかし、その病棟にこそ、里崎林太郎の真の姿があると、美代殿は見当をつけておられます」

「美代の奴、ずいぶんと芝居がかったことを申すが、間違いではなかろう」

「だからこそ、わたしが探りを入れてまいります」

「よかろう。だが、無茶をするな」

珍しく恵氏は案じてくれたが、自分へではなく、美代の身を思ってのことだろう。

その晩、美代は極楽病棟へと向かった。

黒の忍び装束に着替え、腰には忍者刀、懐中《かいちゅう》には撒菱《まきびし》や棒手裏剣《ぼうしゅりけん》を潜ませている。

──わたしは喜連川家に仕える忍び、「影猫」の棟梁だ。

と胸を張った。

夜陰《やいん》にまぎれて、浄土診療所の裏に到る。幸い、分厚い雲が夜空を覆《おお》い、月を隠してくれているものの、篝火《かがりび》が焚《た》かれていた。久本率いる警護の侍たちが、提灯《ちょうちん》を手に巡回をしている。侍たちは、手綱《たづな》に犬を繋いでいた。

予想したことだが、警戒は厳重だ。

その警護ぶりが浄土病棟の怪しさを伝えている。美代は息をひそめ、足音を忍ばせ黒板塀に近づく。すると、久本たちが近づいてきた。天水桶《てんすいおけ》の陰に身を潜めてやりすごそうとしたが、つい、

「にゃあお」

得意の猫真似をしてしまった。

足利家の流れを汲《く》む喜連川家の忍び、影猫の棟梁だという気負いが出てしまったのかもしれない。

「野良猫か」

ひとりがつぶやくと、侍たちは美代から遠ざかろうとした。

すると、犬が猛然と吠えはじめた。

犬は三匹いた。三匹とも、こちらを向いて吠えたてている。

「どうした」

久本が甲走《かんぱし》った声を発した。

戸惑い気味にひとりの侍が宥《なだ》めても、犬は吠えている。侍たちは三匹の犬に引っ張られるようにして、こちらに迫ってきた。

美代は猫真似をしながら、天水桶から抜けだそうとした。

しかし、抜け出たところで犬に吠えかかられる。犬を舐《な》めたことを悔いたが、もう遅い。

美代は歯嚙みした。

と、そのとき、ぴぃ、という耳をつんざく音が闇を切り裂いた。

呼子《よびこ》である。

「曲者《くせもの》だ！」

侍たちが色めきたった。

呼子は、極楽病棟の裏手から聞こえてきた。

「野良猫になんぞかまうな。行くぞ！」

久本は侍たちを率いて、慌《あわただ》しく立ち去った。

「ふう」

美代は黒覆面《くろふくめん》を脱ぎ、滴《したた》る汗を袖で拭《ぬぐ》った。

源五郎は極楽病棟にやってきた。

美代と連絡を取りたかったが、それはできそうもない。源五郎は極楽病棟の周囲をまわってみた。

黒板塀越しに、篝火の炎が漆黒《しっこく》の夜空を焦がしているのが見える。板塀はさほど高くはなく、見越《みこ》しの松《まつ》の枝をのぼれば忍びこめそうだ。

「よし、虎穴に入らずんば虎子を得ず、だ」

源五郎は勇《いさ》むと、松から離れた。次いで腰をかがめると、深呼吸を繰り返してから勢いをつけて走りだす。枝の下に到ったところで、

「とおりゃ」

気合いのこもった声を出して飛びあがる。

両手で枝をつかんだ。

身体が揺れた。両足を幹《みき》に絡みつかせ、芋虫《いもむし》のようにしてよじのぼった。

枝に取りついてから、板塀の向こうに飛び下りようとしたところで、なんと枝

がぽきりと折れた。

「あぁ」

思わず叫《さけ》んでしまった。源五郎は板塀にぶちあたり、次いで極楽病棟の外に落ちた。腰をしたたかに打ち、

「痛ぁ……」

さすりながらつぶやく。

恨めしげに松を見あげたところで、呼子のけたたましい音が響きわたった。

「いかん」

あわてて立ちあがろうとしたが、立ちあがることができない。這《は》いずったところで、どやどやとした足音が近づいてくる。

しくじってしまった。

ともかく、逃げねば。

源五郎は自分に鞭《むち》を打って腰をあげると、よろめきながらもどうにか駆けだした。犬の鳴き声も近づいてくる。

源五郎は、目の前に広がる雑木林《ぞうきばやし》のなかに飛びこんだ。

「曲者だ」

という声が耳についた。


危ないところだった。

ほっとひと息吐いて、美代は天水桶の陰から抜け出た。足音を消し、黒板塀に設けられた木戸を開ける。幸い、警護の侍たちの姿はない。

これ幸いと、美代は極楽病棟に近づいた。

平屋建ての細長い建家である。そっと近づくと、患者たちのうめき声が聞こえてきた。

と、

「ほらほら、ちゃんとあげるから、おとなしくしていなさいよ」

梅代の声が聞こえた。

美代は息を殺し、耳をすませた。

篝火に照らされた建家は格子《こうし》が嵌《は》められており、その中のだだっ広い板敷きに数十人の男女が群れていた。

生気のない顔つき、着くずした着物。なかには、何事か喚《わめ》いている者もいる。しかし、誰もが他人のことには無関心であった。

梅代と何人かの男たちが、患者の様子を見てまわっていた。

「こいつはもう駄目だね」

床に這いつくばっている女を指差し、梅代は冷然と告げた。ふたりの男たちが女を担いで、外に出ていった。美代はあとをつけた。

ふたりは女の亡骸三体を、大八車に乗せた。筵《むしろ》ひとつかけるでもなく、大八車を引く。

「曲者が入りこんだみたいだな」

ひとりが声をかけた。

「性懲《しょうこ》りもなく忍びこんできやがる」

もうひとりが応じる。

「金目の物を盗もうって奴らばかりじゃないみたいだな」

「そうだよ、御公儀の犬らしいぜ。久本さまが、そんなことをおっしゃっていたよ」

「信じられなかったんだが、お雅って女中も御公儀の犬だったんだってよ」

「この前に始末した、ふたりの女中もだろう。まったく、御公儀も芸がないっていうか。女なら怪しまれないって考えてやがる」

「松平越中だよ。松平越中の奴が、若さまに目をつけやがった。若さまも目付のことは鼻薬を嗅《か》がせたり、お妹さまの線で押さえこんだんだがな」

「松平越中は融通《ゆうずう》が利かないって評判だぜ」

ふたりのやり取りからすると、松平定信は浄土診療所に密偵《みってい》を送りこんだということだ。まさか、お雅までが定信の密偵だったとは。

というこことは、お雅は極楽病棟の秘密を探りあてるか、探ろうとして殺されたのだろう。

「そういえば……」

美代はつぶやいた。

蒲団に入り目を閉じると、耐えられない眠気が襲ってきた。あれは、昼間の仕事の疲れによるとばかり思っていたが、おそらくはお雅が、眠り薬を盛っていたのではないか。美代を寝かせておいて長屋を抜けだし、極楽病棟を探っていたのだろう。

やがて大八車が止まった。

大きな穴が掘ってある。男たちは、三体の女の亡骸を無造作に放り投げた。

「成仏してくれよ」

男たちはお義理程度に念仏を唱えると、大八車を引いて極楽病棟へと戻った。おそるおそる、美代は穴を覗《のぞ》きこんだ。

夜目に慣れた視界には、白骨化した亡骸も映った。

「ひどい、許せない」

美代は両手を合わせ、かならず林太郎の悪事を償《つぐな》わせようと、極楽病棟へと戻っていった。

七

極楽病棟には林太郎が来ていた。

美代が奉公にあがった初日に着ていた、粗末な木綿の着物ではなく、絹《きぬ》仕立ての艶《あで》やかな小袖、袴に羽織を重ねている。小袖も袴も羽織も、黄金色《こがねいろ》である。

このため、篝火に照らされて、全身が光っていた。

ところが、金色の仏像と違って微塵のありがたみもなく、ただただ成金趣味の俗物《ぞくぶつ》にしか見えない。太閤《たいこう》秀吉を批判する者たちが、秀吉の成りあがりぶりの象徴《しょうちょう》と見なす、黄金《おうごん》の茶室といったところか。

派手な装いを好むのは恵氏も同様であるが、恵氏の風雅さとはほど遠く、比べるのは失礼だ。

「梅代、どうじゃ。阿片《あへん》の効き目は」

林太郎が尋ねると、

「中毒になる者もおりますが、それは中毒になるほどに吸いたがる本人の勝手でございましょう」

梅代は冷笑を浮かべた。

「阿片の入手を急がせよ。それと、健勝《けんしょう》な者にも阿片を与え、効き目のほどを確かめるのだ」

林太郎は命じた。

患者を人とは思わない冷酷《れいこく》さも、これが林太郎の素顔だとうかがわせる。

「かしこまりました」

「ところで、またしても犬が忍びこんだようだが。大丈夫であろうな」

林太郎が危惧すると、

「ご心配には及びません。久本殿が追いかけております」

「やはり、松平越中の手の者か」

「おそらくは」

「実に厄介な男よな。なんとかせねばならん。あの者、賂《まいない》はいっさい受け取らないと評判の堅物《かたぶつ》じゃ。妹の話によると、大奥にも遠慮なく物申すとのこと。大奥は費用がかかりすぎだと文句をつけ、倹約を言いわたしてきたとか」

林太郎は焦りをつのらせた。

「松平越中は女の密偵を使っておりますので、目下、雇い入れた女中の身元を洗っております」

「不審な者はおるのか」

「ひとり……」

「誰じゃ」

「美代という女でございます」

「おお、あの女か。なかなか見目麗《みめうるわ》しき女だと思っておったが……そうか、間者か」

「まだわかりませんが、念のため用心をする必要があると思います」

「側女《そばめ》にしてやろうと思ったが、まあ、よいわ」

林太郎は薄笑いを浮かべた。

「若さま、ご側室ならば、この梅代が若さまにふさわしい女を探してまいりますゆえ」

宥めるように、梅代は言った。

「頼む。そろそろ施行にも飽きたゆえな。ここらで羽を伸ばしたい」

自分の肩を叩きながら、林太郎は言った。


源五郎は雑木林のなかに逃げこむと、身をひそめた。

「よく探せ」

久本が犬を連れて、雑木林に分け入った。

源五郎は木の枝にぶら下がると、幹をよじのぼる。

——今度は折れるな。

心の中で念じながら、源五郎は太い枝を選んでまたがった。

「逃すな」

久本が命じ、侍たちは脇差《わきざし》で枝を掃《はら》っていく。三匹の犬は、くんくんと鼻を利かせ、手綱を持った侍たちを引っ張るように進む。

やがて、源五郎がまたがる枝の下で、犬は激しく吠えたてた。

たてた。

「やめろ」

小声で叱ったが、それが火に油を降りそそぐこととなり、犬はより激しく吠えたてた。

「おったぞ」

久本が大きな声をあげ、侍たちが集まってきた。

「降りてこい」

久本は頭上を見あげた。

こうなったら戦うしかない。

「悪党め」

叫びたてるや、源五郎は枝から飛び下りた。ひとりの侍の顔面を蹴飛《けと》ばし、地べたに着地した。群れ集まってきた侍たちは、算を乱した。

大刀を抜き放ち、数人が斬《き》りかかってきたが、伸びた枝が邪魔をして、思うように刀を振るうことができない。

源五郎は、ひとりを突き飛ばした。

突き飛ばされた侍は、後方の侍ともつれて倒れこんだ。

その隙《すき》に逃げようとしたが、またも犬に吠えかかられた。仰《の》け反《ぞ》ってしまった

ところで、

「動くな」

久本が刀の切っ先を、源五郎の背中に押しつけた。

「来い」

「わかった」

ひとまず源五郎は従うことにした。


源五郎は、極楽病棟の前に連れてこられた。

格子の隙間から、大勢の患者が見える。虚《うつ》ろな目で、わけのわからない言葉を誰に言うともなくつぶやいている姿は、おそらく阿片中毒と思えた。

これが極楽病棟……そして里崎林太郎の正体であり、企みだ。

極楽という仮面を被った阿片窟《あへんくつ》は、仏面をした極悪人・里崎林太郎らしくはある。

林太郎は、阿片で大儲《おおもう》けをしようとしているのだ。

「この者、極楽病棟に忍びこもうとしておりました」

久本が林太郎に告げた。

侍たちから大小を取りあげられ、源五郎は丸腰となり、林太郎の前でひざまずかされた。次いで、荒縄で後ろ手に縛られる。縄はご丁寧《ていねい》にも、三重にきつく縛られた。

高価な絹仕立ての着物に身を包んだ林太郎は、篝火に照らされ、てかてかと光っている。それもそのはずで、小袖、袴、羽織、すべてが黄金色なのだ。それを見ただけで、林太郎の俗物ぶりがわかった。

そして、虚飾に満ちた人柄を物語ってもいる。

派手な着物は恵氏も同様だが、恵氏の場合、質素倹約を押しつけ庶民の楽しみを奪う、松平定信の政《まつりごと》への批判がこめられている。

庶民から娯楽を奪うな、という恵氏なりの訴えが感じられるのだが、林太郎の金ぴか衣装たるや、金の亡者《もうじゃ》にしか見えない下品の極みだ。

「誰の手の者だ」

林太郎が聞く。

「誰の手の者でもありません」

源五郎が答えると、

「提灯を近づけろ」

林太郎は久本に命じた。侍たちが、提灯を源五郎に近づけた。灯《あか》りに浮かぶ源五郎の顔を見据え、

「この者、いつか、わが屋敷に迷いこんだ者でございます」

と、久本が言った。

あらためて久本は源五郎を見て、

「あのとき一緒におった、派手な身形の侍も密偵か」

「知らん」

源五郎は、首を左右に振った。

林太郎も恵氏のことが気になりはじめたようだ。

「おまは何者なのだ」

なおも林太郎が問いつめる。

源五郎は、そっぽを向いた。林太郎は梅代を向き、

「美代という女を、すぐに連れてまいれ」

と、命じた。

「承知しました」

梅代は急ぎ足で立ち去った。

「松平越中の手の者か」

林太郎が問いつめるが、源五郎は固く口を閉ざしたままだ。


美代は極楽病棟の実態を確かめると、すぐ浄土診療所から出ていこうとした。ところが、捕らわれの身となった源五郎が連れてこられた。自分の身を案じて潜入しようとしたのだろう。源五郎を見殺しにするわけにはいかない。

美代は極楽病棟の軒《のき》を伝い、屋根にのぼった。


「ええい、口を割らぬか」

苛《いら》立《だ》った林太郎は抜刀し、刀の切っ先を源五郎の鼻先に突きつけた。

「斬るなら、さっさと斬れ！」

開き直って、源五郎は怒鳴りつけた。

「威勢のいい男だな。まあよい。強がりを言っていられるのも、いまのうちだ。美代なる女ともども、いたぶったうえで命をもらう」

林太郎はにんまりとした。

「里崎林太郎、とうとう正体を見せたな。慈悲深い若さまという仮面を被った、極悪非道の悪党め。無料で診療するという触れこみで患者を集め、目をつけた者に阿片を吸わせる。おそらく、阿片を吸わせた者は、身より頼りのない者たちだろう。そして、これから阿片の抜け荷をおこない、大儲けしようというのだな」

眦を決して、源五郎は言った。

太い眉が寄り、達磨のような顔が際立った。

源五郎に悪事を指摘された林太郎は、たじろぐどころか、双眸《そうぼう》を輝かせ声をあげて笑いはじめた。胸を反らし、怪鳥《けちよう》のような笑い声を放つ様は、勝ち誇っている。

——常軌《じょうき》を逸《いっ》している。

源五郎は背筋がぞっとすると同時に、猛然たる怒りに全身が焦がされた。

こいつは、人の命を虫けらほどにも思っていないのだ。そんな外道《げどう》が、善行を施すふりをしていた。

こんな奴、絶対に生かしておけぬ。

源五郎は林太郎を睨《にら》みあげた。

笑顔を引っこめた林太郎は、

「おまえが誰の犬であろうとかまわん。望みどおり殺してやる」

冷然と言い放つと、大刀を振りかぶった。

目を閉じることなく、源五郎は林太郎を見あげ続ける。

と、そのとき、

「みゃあお～」

くっきりとした猫の鳴き声が聞こえた。気勢を殺《そ》がれ、林太郎は動きを止めたものの、気を取り直してふたたび振りかぶった。

すると、

「みょあお～みゃあお～」

猫の鳴き声はますます大きくなり、いつしかもう一匹加わった。

林太郎は顔をしかめる。

すると、三匹の犬も吠えはじめた。

犬と猫の凄《すさ》まじい鳴き声の競演となり、林太郎は不機嫌に顔を歪《ゆが》ませ、

「久本、なんとかせい」

と、久本に命じた。

久本は侍たちに犬を宥めさせ、

「猫は屋根の上だぞ」

屋根にのぼって、猫を捕まえるよう言いつけた。

そこへ梅代が戻ってきて、

「美代がおりません。逃げたようです」

「なんだと」

林太郎の視線が、源五郎から逸れた。

すかさず源五郎は立ちあがると、林太郎に体当たりを食らわせた。不意をつかれた林太郎は転倒した。

縛られたまま、源五郎は走りだした。

八

屋根の上で美代は、影猫の秘伝の技「万華猫鳴き」を繰りだした。雄《おす》、雌《めす》の鳴き分けどころか、一度に何匹もの猫鳴きができる。

技は功《こう》を奏《そう》し、犬が吠えたて混乱を引き起こすことに成功した。

と、安堵したのも束の間、梯子《はしご》が屋根に掛けられ、警護の侍たちがのぼってきた。

美代は猫鳴きを続けながら懐中を探り、撒菱《まきびし》を屋根にばら撒いた。次いで、屋根に突っ伏して、闇に溶けこんだ。

屋根をあがって猫を探す侍たちは、

「痛い」

と、悲鳴をあげ、次々と屋根から転がり落ちてゆく。

源五郎は両手の自由が利かないまま、久本や侍たちの間を縫い、逃走する。立ちはだかる者には頭突《ずつ》きと蹴りを食らわせて、極楽病棟の裏手に至った。

背後から、久本たちが迫ってくる。

すると、

「ああっ」

「なんだ」

奇声があがったと思うと、次々と侍たちが地べたに転がった。

何事が起きたのかわからないが、ともかく源五郎は走り続けた。

美代は屋根の裏側に這っていった。

見下ろすと、後ろ手に縄で縛られた源五郎が追いかけられている。すかさず、源五郎が通りすぎたあたりにも、撒菱を散らした。

　追いかけていた侍たちが、次々と転倒した。


　追っ手を振りきり、黒板塀の近くまで来た。

　しかし、縄を打たれたままでは、黒板塀を越えることはできない。縄を解くべく両腕に力をこめた。

　しかし、三重に縛られた荒縄は微動だにしない。

　それでもなんとか解かねばならぬと、全身を揺さぶった。

　次いで、松の幹に背中を押しつけた。後ろ手を縛る荒縄を幹にこすりつけ、自身も蓑虫《みのむし》のように伸縮《しんしゅく》を繰り返した。

　額と言わず首筋と言わず、身体中が汗まみれとなった。ようやく荒縄はゆるみ、幾分か擦《す》りきれているようだ。

「よし」

　いっそうの気合いを入れたところで、目の前に人影が立ちはだかった。顔をあげると、

「大野先生……」

医者の大野順道であった。

大野は抜き身を右手に提げ、源五郎に近づいてきた。その目は殺気立ち、自分を診察してくれたときの誠実さと優しさは、微塵も感じられない。

右手で大刀をつかんだまま、源五郎の前に立った。

――もはや、これまでか。

動きを止め観念したところで、犬の鳴き声と、久本が侍たちを叱咤《しった》する声が迫ってくる。

すると、大野は源五郎の背後にまわった。

おやっと源五郎が思ったところで、

「動かないでください。すぐに縄を切りますからね」

大野は源五郎の耳元で囁《ささや》くや、大刀で縄を切断しはじめた。

「大野先生、かたじけない」

「礼はあとでです。わたしはこれ以上、悪事に加担することはできません」

大野が決意を語ったところで、荒縄は切れた。

身体中の血の巡りがよくなり、それとともに闘争心がみなぎってきた。

「これ、貴殿の刀でしょう」

　大野に手渡され、源五郎はいったん納刀して腰に差した。そこへ久本たちが殺到した。久本は大野に気づき、

「裏切り者めが。おとなしく診療をしていれば、長崎へも留学できたものを。若さまの恩を忘れるとは、犬畜生《いぬちくしょう》にも劣《おと》るな」

と、罵倒《ばとう》とした。

　しかし大野は胸を張り、

「そなたらこそ、患者を虫けらにしか思っておらんではないか。長崎留学などはよい。わたしは、ひとりでも多くの患者のために、医者であり続けたい」

「戯言《ざれごと》はよい」

　久本は唾《つば》を吐いた。

　そこへ、林太郎がやってきた。

　提灯に照らされた林太郎は、金ぴかだけにひとり浮いている。

　源五郎と大野を囲む敵は加勢され、その数、三十人はおろうか。

　そして、犬も五匹に増えている。

「大野先生、わたしの背中に……」

源五郎に言われるまま、大野は源五郎の背後にまわった。

「わたしから、離れてはなりませんぞ」

声をかけてから、源五郎は大刀を抜いた。

「さかりのついた猫のおかげで、ほんの少し長生きができたのにな」

林太郎は怪鳥のような笑い声をあげて、久本に目配せした。

「ふたりとも膾《なます》のように切り刻んでやれ」

久本たちは楽しむかのように、じりじりと間合いを詰めてきた。

と、

「楽しそうだな。おれも仲間に加えよ」

みなの頭上から、能役者《のうやくしゃ》のような凛《りん》とした声が降ってきた。

源五郎も敵も、声のほうを見る。

夜空を覆う雲が切れ、十三夜の月が煌々《こうこう》と照っていた。

黒板塀の上に、喜連川恵氏が仁王立《におうだ》ちをしている。月明かりに照らされた恵氏は、烏帽子《えぼし》を被り、大紋という正装であった。大紋には、足利家の家紋である足利二つ引が描かれている。

腰には大刀ではなく、太刀を帯びていた。五七桐紋《ごしちきりもん》が金蒔絵《きんまきえ》に描かれ、三日月、雲、桐《きり》を配した金具が施された豪華《ごうか》な拵《こしら》えの鞘《さや》に納まった太刀、足利家伝来の名刀・三日月宗近《みかづきむねちか》だ。

派手な着流し姿も似合っているが、正装すると足利将軍家の威厳を漂わせ、威風あたりを掃う勢いである。

桜は散ったとはいえ、春の夜風はどことなく艶《つや》めいていて、恵氏の貴公子ぶりを際立たせている。

突如として現れた異形《いぎょう》の侍に、敵は唖然《あぜん》としていたが、

「ああっ、おまえ……先だっての……」

久本が林太郎に、源五郎と一緒に別荘に迷いこんだ直参だと教えた。

「犬が揃《そろ》ったというわけだな。手間が省《はぶ》けてよい。さあ、そんなところに立っていないで下りてまいれ」

林太郎は、恵氏を手招きした。

恵氏は黒板塀から飛び降りた。

ひらりと弧を描き、一糸《いっし》の乱れもなく着地をした様子は、あたかも地上に鶴《つる》が舞い降りたようだ。敵のなかには見惚《みと》れた者もいたが、犬となると恵氏の優美さを解するわけはなく、五匹がいっせいに吠えたてた。

恵氏は顔をしかめ、犬に向かって、

「控えよ！」

一喝《いっかつ》した。

気圧《けお》されたように犬は鳴きやみ、恵氏が飼い主であるかのようにおとなしくなった。

「なにをしておる。斬れ」

林太郎が喚いた。気をあらたに、侍たちは大刀を構え直した。

恵氏は林太郎と対峙《たいじ》した。

高貴な優美さを醸しだしている恵氏とは反対に、金色の林太郎は、下卑《げび》た俗物ぶりをいかんなく発散していた。

今度は源五郎が、

「静まれ、このお方をどなたと心得おる」

持ち前の大きな声で言い放った。

「ふん、公儀の犬であろう」

林太郎は嘲笑《ちようしよう》を浴びせた。

心外だとばかりに、源五郎は目をむいた。達磨のような顔を際立たせ、

「こちらにおわすお方は、徳川家将軍家の直参にあらず。畏《おそ》れ多くも足利将軍家所縁《ゆかり》、天下無敵のお殿さまこと喜連川恵氏公、すなわち、喜連川の大御所さまなるぞ。一同、頭《ず》が高い！　控えおろう！」

すっかり板についた決め台詞《ぜりふ》を、源五郎は声高らかに言い放った。

続いて、懐中から印籠《いんろう》を取りだす。黒漆《くろうるし》に金泥《きんでい》で、足利家の家紋二つ引が描かれている。源五郎は印籠の蓋《ふた》を開け、書付を取りだした。

武家諸法度《ぶけしょはっと》の他也。

と、大書され、神君・徳川家康の署名《しょめい》と花押《かおう》が記してある。

喜連川家に伝わる家康のお墨付《すみつ》き……すなわち、幕府の法度に従わなくてもいいと保証された証文である。このお墨付きがあるかぎり、幕閣は喜連川家に手出しできず、歴代当主を将軍の客分としか扱えないのだ。

恵氏は泰然自若《たいぜんじじゃく》と立ち尽くす。

「喜連川の大御所さま……」

つぶやいてから、林太郎は平伏した。それを見て久本たちはざわめき、源五郎に睨まれるとあわてて両手をつく。植こみから大野も出てきて、土下座《どげざ》をした。

犬たちは、おとなしくお座りをしたままだ。

「里崎林太郎、亡国《ぼうこく》の薬、阿片で儲けようとは、まこと腐《くさ》れ果てた奴。潔《いさぎよ》く罪を償うのだ」

凜とした声音で、恵氏は命じた。

返事をすることなく、ぬかずいていた林太郎であったが、やがて意を決したようにがばっと顔をあげ、

「こ奴が喜連川の大御所さまなどであるものか。犬だ。犬畜生だ。者ども、なにをしておる。野良犬なんぞ殺してしまえ」

開き直り、すっくと立ちあがった。久本も腰をあげ、侍たちを叱咤する。

「討ち果たしたら褒美《ほうび》をつかわすぞ」

林太郎が言うと、ようやくのことで大刀を構えた。しかし、大紋に描かれた足利二つ引の家紋と、腰の三日月宗近を前に、腰が引けている。

「久本！」

たまりかね、林太郎が叱責すると久本は、

「覚悟せよ」

と、源五郎に斬りかかってきた。

久本を待つことなく源五郎は勢いよく飛びだし、大刀を一閃《いっせん》させた。

久本の大刀が弾け飛び、松の幹に突き刺さった。

恵氏は三日月宗近を抜いた。

月光を受け、波紋が匂《にお》いたつ。

林太郎にけしかけられた侍たちが、間合いを詰めてくる。恵氏は峰を返し、敵に向かった。

右から斬りかかってきた敵の籠手《こて》を打ち、真ん中の敵の胴《どう》を掃い、左の敵は袈裟懸《けさが》けに肩を打ち据えた。

あっと言う間に、三人が地べたに這いつくばった。

その間に源五郎も、ふたりの敵を仕留めていた。

「源公、競うぞ」

楽しげに声を放つと、恵氏は敵のまっただなかに躍りこんだ。

「負けませんぞ」

源五郎も躍動した。

こうなると敵は怯《ひる》み、ひとりが逃げると雪崩《なだれ》を打って逃走した。

取り残された林太郎と久本は、おろおろとしていたが、

「おのれ」

自暴自棄《じぼうじき》となった林太郎は、めったやたらと大刀を振りまわした。

「馬鹿者めが」

恵氏は駆け寄ると三日月宗近を振りかぶり、林太郎の頭上に振り下ろした。かろうじて林太郎は大刀で受けたものの、間髪《かんはつ》いれず、恵氏は二太刀目を放った。

林太郎の髷《まげ》が飛び、犬たちの前にぽとりと落ちた。

「ひえ〜」

情けない声をあげた林太郎は、両手で月代《さかやき》を押さえた。

犬たちが髷を餌《えさ》だと思い、奪いあいをはじめる。それを見た林太郎は、

「わしの髷じゃ」

と、犬たちを蹴散らそうとした。

しかし、五匹の犬は林太郎に嚙みついた。

「い、痛い、やめろ」

犬たちは聞かない。

「やめてくれ」

泣き叫びながら、林太郎は逃げようとした。犬たちは容赦なく、金色に輝く着物を嚙みちぎってゆく。高価な絹の着物が、ぼろ雑巾《ぞうきん》と化した。

林太郎の悲鳴が、春夜に轟《とどろ》き続いた。

九

騒動が落ち着いた卯月《うづき》の三日、喜連川屋敷を徒目付・渡会兵庫が訪れた。

庭の新緑が燃えたち、心地良い薫風《くんぷう》が吹いてくる。

「大御所さまのおかげで、里崎林太郎の悪事があきらかとなり、評定《ひょうじょう》の場にて裁かれることとなりました。おそらくは死罪、しかも、切腹は許されず、打ち首となる模様です。里崎家は断絶、お春の方さまは尼《あま》になられるとか」

渡会が報告した。

「浄土診療所はいかがなった」

恵氏が問いかけると、

「診療所自体は取り潰されますが、患者たちは、小石川の養生所で面倒を見ることになりました。あ、そうそう。浄土診療所に勤めておった大野順道という若い医者、林太郎の罪を立証することに協力しましたので、お咎めはなく、小石川養生所で働くことになりました」

「それはよかった」

　思わず、源五郎が口をはさんだ。

　渡会は源五郎に向き、

「大月殿、大変なご活躍であられたとか」

「いえ、わたしなんぞは、たいしたことはしておりません。大御所さまと美代殿のおかげです。それと、猫……」

　源五郎は思案をするように腕を組んだ。

「猫……で、ござるか」

　不思議そうに、渡会は問い返した。

「ええ、猫に助けられたのです」

　源五郎が説明をしようとしたところで、恵氏は縁側に歩いていった。

「梅雨になるまでのいまの時節、若葉が目に染みるようだな」

　縁側に立ち、恵氏は庭を眺めやった。

　渡会も庭に視線をそそぎ、

「まこと、梅雨までの青空は、得がたいものでございますな」

　源五郎も縁側に出て、若葉の伊吹を胸いっぱいに吸いこんだ。

すると、

「みょあお～」

猫の鳴き声が聞こえた。

どことなく色っぽい声音は、雌を思わせた。庭を見まわしたが猫はいない。もう一度鳴いてくれることを期待して手を叩き、耳をすませた。

すると、

「みゃあお」

背後で雌猫が鳴いた。

振り返っても、猫はいない。

そこには美代がいる。

愛らしい黒目がちな瞳を見開き、美代は優しげな笑みで、源五郎を見返していた。

コスミック・時代文庫

無敵《むてき》の殿様《とのさま》
仮面の悪鬼

【著 者】
早見《はやみ》 俊《しゅん》

【発行者】
杉原葉子

【発 行】
株式会社コスミック出版
〒154-0002 東京都世田谷区下馬 6-15-4
代表 TEL.03(5432)7081
営業 TEL.03(5432)7084
FAX.03(5432)7088
編集 TEL.03(5432)7086
FAX.03(5432)7090

【ホームページ】
http://www.cosmicpub.com/

【振替口座】
00110-8-611382

【印刷／製本】
中央精版印刷株式会社

乱丁・落丁本は、小社へ直接お送り下さい。郵送料小社負担にてお取り替え致します。定価はカバーに表示してあります。